Nina Rücker

Ela

Nina Rücker

Ela

**Das Mädchen,
das durch die Hölle ging**

Pattloch

Fotos: Nina Rücker

Die Deutsche Bibliothek – CIP-Einheitsaufnahme
Ein Titelsatz für diese Publikation ist bei
Der Deutschen Bibliothek erhältlich

© 2002 Pattloch Verlag Gmbh & Co. KG, München
Umschlag: Büro Lehmacher, Friedberg/Bay.
Satz und Gestaltung: Ruth Bost, Pattloch Verlag, München;
gesetzt aus Electra
Reproduktion: Kaltnermedia, Bobingen
Druck und Bindung: Clausen & Bosse, Leck
Printed in Germany

ISBN 3-629-01648-0
www.pattloch.de

Dank

Katja Reim und Stefanie Friedhoff danke ich für ihre Hilfe und Unterstützung in Zeiten der Höhen und Tiefen während der Interviews und des Schreibens. Ohne Stefanies professionellen Beistand würde es dieses Buch nicht geben. Des Weiteren danke ich Manuela Schwartz und Claus-Dieter Röchert von der AGA, Polizeidirektion Berlin Kreuzberg/Neukölln, Dirk Mittelstädt und Sebastian Laudan vom LKA-Berlin für ihre Informationen, Astrid Höflich für die Einblicke, die sie mir in die Geheimnisse der Traumaheilung gewährte. Ich danke Barbara Eritt von In Via, die mich mit Ela bekannt machte, sie jahrelang betreute und ich danke „Ela", die mich dieses Stück Lebensweg mit ihr gehen ließ.

Ich danke Dieter, Christian, Isabel, Veit und all den anderen, die das Manuskript lasen, und Detlev Steinberg, der mir die Tür zum Journalismus öffnete.

Vorwort

Dies ist die wahre Geschichte von Ela.

Die Geschichte einer jungen Frau aus der Ukraine, die ich zu ihrem Schutze Ela nenne.

Einer Frau, die vergewaltigt, eingesperrt, auf den Strich geschickt wurde.

Einer Zwangsprostituierten.

Elas Geschichte ist nicht erfunden.

Als Journalistin lernte ich Ela während einer Reportage kennen. Sie machte auf mich den Eindruck eines sehr entschlossenen, aber gebrochenen Menschen.

Zwei Jahre lang trafen wir uns, lernten uns kennen und vertrauen. Zweimal Frühling, Sommer, Herbst und Winter. Monate, während derer ich beobachten konnte, wie anstrengend leben sein kann. Insbesondere ein ganz normales Leben.

Ela hat mir erstaunlicherweise ihre Geschichte erzählt, auf dass ich sie weitererzähle. Das Ergebnis unserer Gespräche und Begegnungen ist dieses Buch. Es beschreibt, wie Ela als Zwangsprostituierte lebte, wie die Polizei mit ihr umging, wie ihre Sozialarbeiterinnen ihr erklärten, dass sie mit dem Schock und dem Schmerz für immer leben müsse. Es schildert auch, was Ela meist kaum benennen kann: Warum vier laut lachende Männer am Nebentisch im Restaurant sie nervös machen; warum sie im Park die Wegrichtung ändert, wenn ihr gut trainierte Muskelpakete begegnen; warum eine schnell erhobene Männerhand sie instinktiv zusammenzucken lässt.

Elas Geschichte ist nicht nur ein Bericht über eine in Europa zunehmend übliche Form des Menschenhandels, der Zwangsprostitution. Sie ist auch ein seltener Einblick in den Alltag eines Menschen, der traumatisiert wurde.

Eine Diagnose, die einem heute leicht über die Lippen geht. Soldaten und Kriegskinder sind traumatisiert, Überlebende einer Katastrophe, Menschen, die vor dem World Trade Center standen, als es zusammenstürzte.

Doch was genau ist ein Trauma?

Es gibt viele klinische Beschreibungen, wenige persönliche. Schon gar nicht aus dem Leben von Frauen, deren Trauma die Schande ist. Ela geschah ein Unrecht, aus dem sie sich befreien konnte – physisch.

Psychologisch gesehen ist die Sache verwickelter. Ela wurde ihrer Wahrnehmung, ihrer Sicherheit, ihres Vertrauens beraubt. Ein Unrecht, von dem sie nicht einmal wusste, dass es ihr geschehen war.

Ela lebt im Heute und ist doch ständig in einer Zeit unterwegs, die niemand um sie herum wahrnimmt. Nur sie selbst weiß absolut: Gleich kann alles wieder passieren. Sie hat Angst, weil es für sie keinen großen Unterschied gibt zwischen dem Vergangenen und dem Momentanen.

Ihre Geschichte zeigt, wie zermürbend die Mitgift schrecklicher Erlebnisse sein kann. Sie ist Dokumentation eines Traumas, dem zu entkommen so viel mehr Courage erfordert als die Flucht aus dem Puff.

Elas Hoffnung ist, dass man sich einem Trauma stellen und es dabei überwinden kann. Mit den Jahren fand sie erste Wege aus dem Labyrinth der Erinnerungen. Einer davon ist dieses Buch, das von ihr immer wieder Antworten verlangte, wo Schweigen so viel einfacher gewesen wäre.

Um Ela zu schützen, haben wir uns geeinigt, einige zu eindeutige Momente ihrer Geschichte zu fiktionalisieren: Namen von Menschen und Orten, etwa. Die Details ihrer Kindheit und Jugend hingegen, ihre Erlebnisse als Zwangsprostituierte und ihr Werdegang in Deutschland sind unverändert so aufgeschrieben, wie Ela sich an sie erinnert.

Zur Zeit unserer Gespräche wohnte Ela in Berlin. Die Großstadt schenkte ihr Schutz in der Anonymität, niemand konnte wissen, wo sie sich aufhielt. Das war wichtig, denn Ela hatte ihre Vergewaltiger verklagt.

Vier Jahre wartete sie auf ihren Prozess.

Alles, was sie während dieser Zeit tun durfte, war warten.

Und ihre Geschichte erzählen.

Inhalt

Prolog **10**

Im Frauenhaus **13**

Wie alles begann **27**

Die Vergewaltigung **43**

Im Bordell **65**

Pressetermin beim Landeskriminalamt **77**

Die Flucht **83**

Das Leben davor **109**

Die Jahre im Schrank **125**

Der Prozess **143**

Das Ende und ein neuer Anfang **159**

Prolog

Er war der Mann, deshalb sagte er, was zu tun ist.
Sie war die Frau, deshalb folgte sie ihm.
Er sagte, er würde ihr die Welt zeigen und schenken.
Erwartungsvoll änderte sie ihr Leben, um ganz bei ihm sein zu können.
Sie waren ein tolles Paar.

Er beschützte sie und sie war nur für ihn da. So sollte es sein im Leben.
Sie verließen die Ukraine und fuhren nach Deutschland. Ein Traum wurde wahr.
Ela hatte es geschafft, hinein in die westliche Welt.
Er übernahm die Verantwortung und ihren Pass, organisierte die Wohnung und das Geld.
Sie liebte ihr Leben als Prinzessin.
Bis der Tag kam, an dem er sie verriet, für ein paar Mark verkaufte.

Der sie kaufte, schickte Ela auf den Strich.
Einen blasen: 20 Euro
Verkehr mit: 50 Euro
Verkehr ohne: 150 Euro
Wollte sie nicht, zeigte man ihr den Lauf einer Pistole, schlug sie, schüttete sie mit Drogen voll.
Aus der angehenden Ehefrau mit Kinderwunsch wurde eine Nutte ohne Pass.
Bis sie nach einigen Monaten aus dem Puff davonrannte.

Die sie fanden, riefen die Polizei.

Woher kommen Sie?

Wo ist Ihr Pass?

Hat man Sie vergewaltigt?

Bis einer der Zuhälter sie auf der Polizeistation abholte.

Ela kehrte zurück auf den Strich.

Tittenfick: 30 Euro

Französisch gegenseitig: 35 Euro

Schnellverkehr: 20 Euro

Bis sie wieder den Mut hatte, erneut davonlief.

Zu dem sie lief, der versteckte Ela. Zwei Jahre lang.

Dann ging sie zur Sonderkommission. Und ins Frauenhaus.

Sie verklagte ihre Peiniger.

Ela wollte ihr vorheriges Leben zurück, doch es war nicht mehr da.

Aus der Nutte ohne Pass wurde eine Asylantin mit schlechten Träumen.

Bis der Prozess begann. Vier Jahre später.

Er war der Mann und saß auf der Anklagebank.

Sie war die Frau und sprach einen Eid.

Aus der Asylantin mit schlechten Träumen wurde eine Kronzeugin mit widersprüchlichen Aussagen.

Und da die Prinzessin nicht gestorben ist, träumt sie davon bis heute.

Im Frauenhaus

Komm herein, erster Stock, neben meiner Tür steht ein Fahrrad."
Elas Stimme klirrt durch die Sprechanlage am Kircheneingang. Ihr
Klingelknopf ist der mit der Aufschrift: „Gästewohnung". Zum ersten
Mal in meinem Leben gehe ich in ein Kirchenasyl.

Der Summer öffnet die Tür zu Elas Unterschlupf. Ein langer Korridor führt auf der einen Seite zum Kirchenschiff und auf der anderen
zu kleinen Zimmern, in denen sich Büros, Küche, Kinderaufent-
halts- und Beschäftigungsräume befinden. An diesem Ende des Flurs
liegt eine Glastür. Die hatte Ela mir beschrieben, hier musste ich
durch und hinauf in den ersten Stock.

Ich sehe das Fahrrad, die hölzerne Wohnungstür ohne Namensschild
öffnet sich. Ela erscheint im Türrahmen, die langen, dunklen Haare
zu einem einfachen Zopf gebunden, das mädchenhafte Gesicht
dezent geschminkt. Sie begrüßt mich mit dem freundlichen Lächeln
einer Gastgeberin:

„Hi! Na, wie geht's?"

Gut. Und dir?

„Ja, ja."

Sie führt mich durch einen kleinen Vorraum mit Garderobe, von
dem ein Bad, eine Kammer und das Wohnzimmer abgehen. Eine ka-
tholische Kirche im Westen Berlins bietet Ela diese Räume als Zu-
flucht, so, wie Kirchen stets verfolgte und in Not geratene Menschen
in ihren Gebäuden aufnahmen. Die Glaubensgemeinde unterstützt
Ela, finanziell und psychologisch, in Zusammenarbeit mit dem Landeskriminalamt und der Caritas.

Die Adresse der Wohnung ist geheim. Nur acht Personen in Elas

Leben wissen, wo sie zu finden ist – mehr nicht. Das soll so bleiben.

In Elas Wohnzimmer brennen Kerzen, in einer Schale liegt Konfekt, zwei Tassen und ein Aschenbecher stehen auf dem Tisch.

„Setz dich."

Ich bin gerührt, denn eigentlich hatten wir uns nur für ein kurzes Gespräch verabredet, wollten vereinbaren, wann wir mit den Interviews beginnen. Ich ahne noch nicht, dass dies ukrainische Gastfreundschaft ist, eine Geste, zu der meinerseits eigentlich auch ein kleines Gastgeschenk gehört, ein Blumenstrauß etwa oder eine Tafel Schokolade. So ist es Sitte in Elas Heimat.

Heute stehe ich mit leeren Händen da.

„Ich kann dir aber nicht alles erzählen. Es gibt einiges, was ich dir bis zum Prozess nicht sagen darf, dazu gehören auch die echten Namen der Leute aus dem Puff", sagt Ela. „Willst du Tee, Kaffee, Saft, Coca oder Mineralwasser?"

Den Kaffee höre ich schon durch die Maschine laufen. Also: Kaffee.

Natürlich erzählst du nur das, was du erzählen willst, sage ich. Und wenn es dir zu anstrengend wird, dich zu erinnern, können wir jederzeit aufhören. Du gibst das Tempo vor.

„Die Schweine sollen das nicht mehr mit anderen Mädchen machen, verstehst du?"

Ja. Ich nicke. Wir schweigen eine Weile.

Ich sehe mich um.

Ela wohnt in zartrosa – konsequent zartrosa.

Bei diesem ersten, kurzen Besuch fällt es mir noch nicht so auf. Doch während all der Monate, in denen wir unsere Interviews führen, uns immer wieder auch in diesen vier Wänden treffen, um über das zu sprechen, was sie erlebt hat, in all diesen Monaten rücken die sorgfältig positionierten Kleinigkeiten ihrer pastellfarbenen Existenz in meine Wahrnehmung. Die gläsernen Kerzenständer mit den rosa Tischkerzen, die genau mittig auf einem selbst gestickten Deckchen stehen. Die rosa Plastikrosen, die sich über ihre Spanholz-Schrankwand ranken und zu Kränzen gebunden an der Wand hängen. Ein rosa Plüschherzchen auf dem Nachttisch. Das Bild aus Blüten und Stroh über dem Bett, schon etwas gewagter in Altrosa. Der rosa Aschenbecher neben ihrer rosa Kaffeetasse. In Elas Reich trifft Barbies Welt auf die Tristesse eines Internatszimmers. Wenn Geschirr Bügelfalten haben könnte, bei ihr würde man sie finden.

Ela sieht, wie ich mich vorsichtig umschaue.

„Hübsch rosa, nicht? Ich bin verrückt nach dem Zeug. Ich sag dir, wenn ich mal heirate, muss mein Mann rosa Hausschuhe tragen."

Das meinst du nicht im Ernst?

„Oh, doch."

Ela schaut sehr überzeugt. Meint sie das wirklich so?

„Und eine rosa Bommelmütze kriegt er aufgesetzt. Vor dem Einschlafen, damit er sich nicht erkältet."

Ich lache erleichtert, sage: Ja, schön wäre auch ein rosa Haarnetz.

„Au ja, das ist eine gute Idee. Muss ich mir merken."

Wir ertasten einen Weg zueinander.

„Der Kaffee ist nicht besonders. Ich kaufe immer den billigsten, aber ich hoffe, es geht so." Ela schiebt mir die Konfektschale hin. „Greif zu, das schmeckt", lädt sie mich ein und nimmt wie zum Beweis selbst ein „Mon Chérie".

Wir müssten uns in der nächsten Zeit öfter sehen, wie wäre das für dich am besten?, frage ich

„Mhm", antwortet Ela.

Ich kann mich nach dir richten. Wie sieht dein Tag aus?

„Ich habe zwei- oder dreimal die Woche Termine bei der Caritas, auf einem Amt, beim Arzt, der Polizei oder im Konsulat. Aber das dauert meist nur ein paar Stunden. Normalerweise gucke ich fern. Um die Mittagszeit schaue ich die Talkshows an, ehrlich, die sind so gut wie ein teurer Konversationskurs in Deutsch. Am frühen Nachmittag dann amerikanische Serien, *Die Straßen von San Francisco, Cacney und Lancy* oder so. Das wurde bei uns in der Ukraine ja nie gezeigt, für mich ist das alles neu. Danach kommt meist der erste große Hunger, da gehe ich raus, kaufe bei Aldi oder Penny ein paar Eier, Würstchen oder was Tiefgefrorenes. Das mache ich mir auf dem Kocher warm, da hinten in der Ecke."

Und nachmittags?

„Das Vorabendprogramm beginnt gegen fünf. Manchmal gehe ich auch ein bisschen spazieren, aber hier im Neubaugebiet macht das nicht so viel Spaß."

Würde es dir passen, wenn wir unsere Interviews nachmittags oder abends führen?

„Ja, klar, kein Problem. Ich schlafe sowieso nie vor Mitternacht."

Gut. Sollen wir morgen Mittag anfangen?

„Einverstanden."

Der Zufall will, dass ich am nächsten Tag zeitgleich mit einem Fernsehauftritt des Prinzen von Anhalt und Gatten von Zsa Zsa Gabor komme. Es ist kurz vor zwölf, Zeit für die Mittagstalkshows. Er stellt seine fünfte Adoptivtochter vor, die aus Tausenden von Bewerberinnen auserwählt wurde: Stefanie, das Aschenputtel aus Erfurt in Ostdeutschland. Die Debatte konzentriert sich auf Stefanies Busen. „Glücklicherweise hat sie keine Implantate! Siliconimplantate sind out, echte Brust ist in", tönt die Moderatorin.

Ela regt sich – zusammen mit dem Publikum – über so viel „Verarsche" auf. Sie ärgert sich über diese „Trends". Sie habe ja auch schon mal überlegt, sich operieren zu lassen, um schöner zu werden. Doch das hier in der Sendung, das gehe ihr zu weit.

„Wichtig ist doch nur, dass jemand schön ist, ob nun echt oder unecht, wer will das schon wissen", sagt sie. „Männer bestimmt nicht." Ich frage, was Frauen sich wohl selbst antun, wenn sie ihr Gesicht verändern lassen.

„Ganz meiner Meinung", antwortet Ela, noch immer entrüstet. „Das kann sich ja auch keiner leisten. Weißt du, was das kostet? 3000 Euro ein Lifting und eine Brustvergrößerung 7500!"

Aha. Das hatte ich nicht gewusst.

Draußen scheint die Sonne, die Debatte ist endlos, Ela wird sich in der nächsten Zeit das Richten ihrer Nase nicht leisten können. Der Frühling kündigt sich an in Berlin und ich schlage vor, zum Kurfürstendamm zu fahren. Gegen die Macht der Flimmerkiste komme ich sonst nicht an.

Kaum unterwegs, schlägt uns der April ein Schnippchen und aus dem Sonnenschein wird ein Regenschauer. Wollen wir zurück?

„Nein, Regen ist doch auch schön und vielleicht kommt die Sonne wieder raus", meint Ela. Ich hole einen Schirm aus dem Kofferraum, da sie nur ein dünnes Jäckchen trägt. Doch sie lehnt ab.

„Regenschirme sind nichts für mich. Soll es nur regnen, hageln, schneien – das kann ich schon wegstecken. Man kann sich gegen das, was kommt, nicht schützen."

Das ist sehr philosophisch.

„Stimmt doch, oder?"

Vielleicht.

Ela will nicht so tun, als könne sie sich gegen das Unglück versichern. Vor der Zwangsprostitution, sicher, da habe sie schon gedacht, dass es möglich wäre. Aber nun?

Du hättest damals, als es passierte, auch einfach aufgeben können, sage ich.

„Weißt du, in meinem Lebensplan war nie vorgesehen, dass ich einmal die Schwelle eines Frauenhauses überschreiten sollte. Als ich drin war, hatte ich die Wahl, mich gehen zu lassen oder zu kämpfen. Ich entschied mich dafür zu kämpfen. Heute bin ich überzeugt, dass wir die Wahl im Leben haben, etwas aus unserem Schicksal zu machen oder zu versagen."

Zwangsprostituierte im Kosovo haben nicht die Chance, die du hast, werfe ich ein.

„Mag sein, dann haben sie eben eine andere", hält sie mir überzeugt entgegen. Ela ist eine sehr entschlossene Frau.

Wir schlendern an der Gedächtniskirche entlang.

Wie ist es, im Frauenhaus zu leben?

„Das erste Frauenhaus hatte eine Stahltür, wenn du die passiert hattest und das Zuschlagen hörtest, dachtest du: Jetzt bin ich im Knast. Drinnen gab es eine klare Hierarchie. Wer lange drin war, hatte das Sagen. Wer gerade reinkam, wischte den Boden. Einmal haben sie es mit mir versucht, da habe ich den Besen durchs Zimmer geworfen und herumgeschrien. Das machte genügend Eindruck, um in Ruhe gelassen zu werden. Doch ich blieb nur zwei Wochen, dann wurde ich weiter weg vom Zentrum Berlins untergebracht."

War es dort besser?

„Besser? Nein, anders."

Ela betrachtet ein Paar italienische Damenschuhe in einem Schaufenster. Dann schaut sie mich an und sagt: „Damals war ich ein James Bond Girl."

Sie geht weiter.

„Ich kam ins Frauenhaus mit zwei Pistolen und drei Messern im

Gepäck: zwei Springmesser, ein Klappmesser. Die Pistolen waren nur Gaspistolen, machten aber total Eindruck, weil sie echt aussahen."

Kannst du denn schießen?

„Ja, das hatte ich in der Schule im Wehrunterricht gelernt. Damals war ich bekannt als gute Schützin. Außerdem hatte mein Vater immer eine Waffe zu Hause. Er war Polizist."

Ich finde Waffen im Haus bedrohlich, sage ich.

„Nein, mich stört es nicht, wenn eine Pistole auf dem Couchtisch oder Fernseher herumliegt. Es ist eher eine Art guter Kindheitserinnerung. War die Waffe in der Wohnung, war Papa zu Hause."

Hast du dich mit Pistole im Frauenhaus sicherer gefühlt?

„Das erste Jahr, nachdem ich aus dem Puff abgehauen war, habe ich mit der Pistole unter dem Kissen geschlafen. Es war mir wohl zur Gewohnheit geworden. Außerdem schien mir das Waffenverbot im Frauenhaus eine Herausforderung zu sein. Ich war nicht so blöd wie andere Frauen im Haus. Die haben sich mit ihren Pistolen erwischen lassen. Ich versteckte sie zwischen meiner Unterwäsche, so hat sie keiner gefunden."

Ich wundere mich, was an dem Versteck so besonders sein soll, will jedoch nicht ablenken. Deshalb frage ich: Dachtest du wirklich, eine Waffe hätte dir helfen können?

„Ich wusste, dass es gefährlich war, und wahrscheinlich hätte die Pistole mir auch nicht geholfen. Aber das zählte nicht. Ich hatte das Gefühl, mich notfalls mit Gewalt schützen zu können. Und Schutz war alles, woran ich denken konnte."

Hat dir das Frauenhaus geholfen, zur Ruhe zu kommen?

„Im Frauenhaus gaben sie mir Farben und Papier. Ich begann zu malen. Ich malte und malte, das war sehr befreiend. Wenn ich heute zurückblicke, verstehe ich, dass es eine Stufe auf dem Weg in mein Leben danach war. Denn mein Leben teilt sich jetzt in zwei. Das Leben *vor* der Vergewaltigung – und das *danach*."

Ich frage mich, wie wohl Elas Leben *davor* aussah. Das der jungen, unbeschwerten Ukrainerin. Wie kam sie in die Hände der Zuhälter? Wer brachte sie nach Deutschland? Hat sie noch Kontakt zu ihren Eltern? Doch Ela weicht aus. Sie möchte weiter vom Frauenhaus erzählen, vom Leben *danach*. Erinnern braucht Zeit und Vertrauen.

Nun scheint wieder die Sonne. „Das tut so gut auf der Haut", sagt sie und streicht sich über den Arm.

„Die Bedingungen im Frauenhaus waren hart", erzählt sie. „Wir waren immer mehrere auf dem Zimmer, schliefen in Doppelstockbetten. Am Ende des Korridors gab es eine Küche und einen Waschraum für 45 Frauen zusammen. Da lernte man sich gegenseitig kennen. Die Marotten, die positiven Züge jeder Einzelnen, die Glaubensunterschiede, alles wurde deutlich. Das Schicksal von ganz unterschiedlichen Frauen kreuzte sich. Ich saß mittendrin und fragte mich: Was mache ich hier? Warum bin *ich* hier gelandet?"

Hast du eine Antwort gefunden?

„Nein", entgegnet Ela harsch, „sonst könnte ich jetzt ein Institut aufmachen, Workshops abhalten und eine Menge Geld verdienen."

Dann ist also alles sinnlos?

„Nein! Alles hat Sinn und vielleicht ist es auch meine Schuld, dass es passiert ist. Vielleicht habe ich es verdient, um daraus zu lernen."

Das Opfer solidarisiert sich mit dem Täter, denke ich, sage jedoch nichts.

„Ansonsten ist es im Frauenhaus eher trist, weißt du."

Wir schlendern noch immer den Ku'damm entlang Richtung Westen.

„Nachdem ich morgens versucht hatte, meine dunklen Augenringe zu überschminken, sah ich den größten Teil des Tages in ungeschminkte, traurige, getretene und verheulte Gesichter. Im Prinzip machte ich nichts anderes, als die Zeit totzuschlagen. Ich wartete auf den Prozess, ich hatte ja meinen Vergewaltiger und Zuhälter angeklagt. Andere warteten darauf, dass ihre Scheidung befürwortet wurde oder dass eine Wohnung für sie gefunden wurde. Manche taten das jahrelang. Ich war zwei Jahre dort."

Hast du Freundinnen aus der Zeit?

„Nein. Da gab es keine Freundschaften, nur Zweckgemeinschaften. Im ersten Jahr wohnte ich mit Aschraf, sie war gläubige Muslimin und betete dreimal täglich auf dem Boden kniend. Am Anfang war es interessant, dann lustig, doch irgendwann wurde es zu viel. Jeden Morgen, Mittag, Abend entrückte Aschraf in eine magische Welt des Vergessens und der Ekstase zu ihrem Gott. Ich musste etwas tun, um neben ihr nicht durchzudrehen. Also dachte ich mir meine eigene Religion aus und begann, erfundene Rituale zu zelebrieren.

Ich erklärte, es wäre ein alter heidnischer slawischer Glaube, dem ich angehörte. Ich zündete Kerzen an und sprach beschwörende Phantasieworte. Ich riss mir ein paar Haare aus und warf sie ins Feuer, stellte Gewürznelken in die Ecke und erklärte, sie wären heilig. So erreichte ich, dass sie ihren arabischen Singsang etwas zurücknahm, weil sie meine dämonischen Phantasiegebete nicht hören wollte. Irgendwann hörte ich auf damit, weil sie sich mit einmal Beten am Tag zufrieden gab."

Wir gehen den Ku'damm hinunter fast bis zum Olivaer Platz. Ela großen Schrittes, gestikulierend, kopfschüttelnd, die Schultern zuckend, lachend. Sie scheint fasziniert von ihren eigenen Geschichten. Als habe sie zum ersten Mal Gelegenheit, sich in Ruhe zu wundern über all die Dinge, die ihr im Frauenhaus passiert waren.

„Dann gab es Aischa aus der Türkei. Sie kochte jeden Wochenanfang einen riesigen Topf Nudeln und aß ihn die ganze Woche lang", sagt Ela, als wir umdrehen und zurück in Richtung Zoo spazieren. „Obwohl der Topf gegen Donnerstag ein Eigenleben begann, aß sie immer noch diese aufgequollenen Nudeln. Niemand hat verstanden, warum sie das tat. Aber sie war nicht davon abzubringen. Aischa war eines Tages nirgends zu finden. Wir kümmerten uns um ihre Kinder, jede spielte mal mit ihnen. Bis sich mein Schrei durchs Haus zog. Ich war im Waschraum in eine Blutlache getreten. Es war Aischas Blut, sie hatte sich die Pulsadern aufgeschnitten. Die Erste Hilfe kam noch rechtzeitig und brachte sie weg.

Tage später besuchten wir Aischa zu zweit in der geschlossenen Anstalt, um ihr einige Sachen zu bringen. Ihre Bettnachbarin saß auf einem Stuhl, die Hände auf ihrem Schoß verschränkt, und schwieg. Alle fünf Minuten stand sie abrupt auf, öffnete mit einem Ruck ihre Spindtür zum Schrank, sah hinein, schloss sie wieder und setzte sich, bis weitere fünf Minuten um waren. In den 15 Minuten, die wir mit Aischa im Zimmer saßen, ging sie dreimal zu Schrank. Das muss man sich vorstellen. Die machte das 130-mal am Tag.

Wir brauchten einige Zeit, um Aischa zu überreden, mit uns hinauszugehen. Sie war vollkommen apathisch. Im Park der Anstalt gefiel es ihr dann, doch für uns war es wie ein Alptraum. Eine Frau kam auf mich zu gerannt und flüsterte: ‚Schnell, kannst du mir eine Zigarette geben.' Eine andere saß auf einer Bank und wiegte sich vor und zurück, eine Dritte hockte im Gras und sprach mit den Gänseblümchen. Ja, solche Dinge passieren einem, wenn man im Frauenhaus ist."

Das klingt doch, als hätte es auch Solidarität gegeben, sage ich.

Ela bleibt stehen und mustert mich eindringlich von oben bis unten. Ihr Blick sagt: Du hast aber auch gar keine Ahnung.

„Es gab da eine Rumänin", sagt sie, „Frau eines Zuhälters, Mutter zweier Kinder. Ab und zu verschwand sie über Nacht. Es war verboten. Nun, wir deckten uns und verrieten niemanden.

Ich erwähnte schon, dass es trist und oft mehr als hoffnungslos im Haus war. Als sie mich einlud, mit ihr in eine Disko zu gehen, schien mir das eine willkommene Abwechslung. Als wir die Tanzbar betraten, konnte ich es förmlich riechen, ich spürte es in jeder Faser in mir. Mit dem Laden stimmte etwas nicht. Später erfuhr ich, dass dort Mädchen gehandelt wurden, Luden abhingen, Geschäfte liefen.

Ein Schlangennest, in dem ich da lebte. Diese Ehefrau und Mutter, angeblich geschlagen, geflüchtet und beschützt im Frauenhaus untergekommen, hatte einen Deal mit ihrem Zuhälterehemann. Sie führte ihm potenzielle Mädchen zu, Mädchen aus dem Haus, die schwach waren, Zuspruch suchten und dem langen Warten entkommen wollten."

Wir laufen am „Big Eden" vorbei, wo jedes Jahr Misswahlen stattfinden. Ela mustert den Aushang am Diskoeingang.

„Hier war ich auch mal, hat mir nicht gefallen, fast nur Türken."

Ein rosa dekoriertes Schaufenster zieht Ela in seinen Bann. Nach ein paar Minuten erzählt sie weiter.

„Wirklich, alles in der Bar roch nach Zuhälterei. Aber wie sollten die anderen das wissen. Die Rumänin schien doch eine von uns zu sein, sie lebte auf unserer Seite der Gesellschaft, im Frauenhaus."

Ela macht eine abwinkende Bewegung mit der Hand. „Dann kam's", fährt sie fort. „Einer der Männer in der Bar bot mir Arbeit am Tresen an. Wir lebten damals von 150 Euro im Monat, da ist so ein augenzwinkerndes Angebot schon sehr verlockend. Ich lehnte ab. Die Rumänin lud mich nie wieder ein. Aber ich beobachtete, wie sie andere Mädchen einlud. Eine kam nicht wieder."

Wie hast du reagiert?

„Ich wollte Gift in dieses Schlangennest streuen. Heute scheint es mir wie eine Prüfung, ob ich aus meinem Leben gelernt hatte."

Was meinst du damit?

„Als man mich anschaffen schickte, da wusste ich, dass ich im Sumpf gelandet war. Doch dass der Sumpf so groß war und bis ins Frauenhaus reichte – das schockierte mich. Auch heute noch erlebe ich solche Schocks. Ich habe das Gefühl, ich werde immer wieder enttäuscht und verraten von scheinbaren Leidensgenossinnen, Helfern der sozialen Stellen oder der Polizei. So jedenfalls kommt es mir vor. Damals wollte ich unbedingt die Sache hochgehen lassen. Also erzählte ich den Betreuern, was die Rumänin trieb. Damit verstieß ich gegen den Verhaltenskodex der Frauen im Haus, dass man sich untereinander nicht verpetzte. Ich streute also mein Gift, verriet die Rumänin und bestand die Prüfung.

Die Rumänin und alle, die mit dem Milieu zu tun hatten, mussten das Haus verlassen. Ich auch, aber das machte mir nichts. Ich hatte zum ersten Mal nicht zugesehen und so getan, als ginge es mich nichts an, sondern gehandelt. Das war mir wichtig.

So hat mir das Frauenhaus geholfen, ein Stück mit dem alten Leben abzuschließen.

Nach dem Frauenhaus kam ich ins Kirchenasyl.

Es ist die nächste Stufe auf dem Weg ins Leben danach. Es schützt mich so lange, bis der Prozess vorbei ist und ich wieder Kraft habe, in die Welt hineinzugehen."

James Bond Girl sein ist anstrengend, nicht wahr?

„Ja, das ist es."

Es wird dunkel, einer der ersten milden Frühlingsabende des Jahres kündigt sich an. Wir holen uns Falafel und fahren zurück in ihr Zimmer im Kirchenasyl. Ela legt ihre Lieblings-CD von Eros Ramazotti ein und stellt zwei rosa Teller auf den Tisch.

Ich gehe derweil ins Bad. Dort stehen ihre kleinen, rosa Badeschühchen wie immer im exakt gleichen Winkel, genau 45 Grad zur Wand, mittig vor der Wanne. Ich erwische mich bei dem Gedanken daran, ob sie die vielleicht gar nicht trägt, ob sie vielleicht ein Spaßartikel sind, festgeklebt auf einer Fliese. Die Sehnsucht, Hilflosigkeit und Verzweiflung, die diese wohl arrangierte kleine Welt ausstrahlt, reizt meinen Zynismus.

Ich schalte im Wohnzimmer das Licht aus und setze mich noch einen Moment zu Ela vor den Fernseher. Es läuft ein italienischer Film, eine Komödie. Ela amüsiert sich köstlich. „Guck mal!", ruft sie, „genau wie ich!" Im Film gibt es eine italienische Mamma, die ständig putzt und ihre Familie in den Wahnsinn treibt. „Genau wie ich. Ein Staubkorn und ich putze die ganze Wohnung. Denk mal nicht, dass ich hier in einer Stunde durch bin. Ich bin genau wie diese Mutter da im Film."

Ela lacht zufrieden. Für einen Moment ist sie nicht die einzige Verrückte auf dieser Welt.

Wie alles begann

„Nachts sind die Tage besser.

Das ist nicht logisch, aber wahr", sagt Ela.

Nachts, wenn sie im Bauch der großen, grauen Dame Berlin unauffindbar ist, beginnt für Ela die bessere Zeit des Tages. Niemand kann sie zufällig auf der Straße erkennen. Niemand ihr neues Gesicht studieren. Die Falten, die sich auf ihrer Stirn, zwischen ihren Mundwinkeln eingenistet haben. Spuren von Zweifel, Trauer und Schwäche. Falten, die nicht mehr verschwinden wollen.

„Ich mag es, mit mir und der Dunkelheit allein zu sein", sagt Ela. Gegen sieben Uhr abends filtert sie ihren ersten Nachtkaffee und gegen ein Uhr morgens den letzten. „Nachts kann ich atmen wie alle anderen in der Stadt. Tagsüber scheint es mir manchmal nur ein kleiner Schritt bis zum Wahn."

Es gibt Dämonen in Elas Leben, die niemand sonst sehen kann. Wenn sie tagsüber auftauchen, während all der Großstadthektik, dem Alltagsstress, dem Licht, das so ein Tag bringt, dann bleibt ihr nichts als das Gefühl, zerrissen zu werden und zu verbluten. „Ich spüre die pulsierende, geschäftige Hektik der Stadt und kann sie doch nicht nutzen, mich nicht ablenken, nicht teilnehmen. Ich habe keine Arbeitszeiten, weil ich nicht arbeiten darf, ich habe keine Unterrichtsstunden, weil ich keinen Kurs belegen darf. Ich lebe in allem und stehe doch außen vor", sagt sie.

Das liegt vor allem an ihrem Status. Sie ist registriert illegal. Das bedeutet, dass der Staat offiziell weiß, dass sie in der Stadt ist, und ihr bestätigt, dass sie sich illegal im Land aufhält. Elas Visum ist schon seit Jahren abgelaufen. Registrierte Illegalität wird in Deutschland mit einem Duldungsschreiben, das der Betreffende bei sich zu tragen hat, dokumentiert. Allerdings berechtigt eine solche Duldung zu keiner Aufenthalts-, Arbeits- oder Ausbildungserlaubnis. Schon mit der Belegung eines Deutschkurses würde Ela sich strafbar machen und könnte abgeschoben werden. Ela darf nicht arbeiten, nicht studieren, nichts Produktives tun. Sie lebt ohne Tagesregime, ohne Aufgabe, ohne Routinen. Mit Dämonen.

Tagsüber ist das anstrengender als nachts. Am Tage nimmt Ela das turbulente Leben der Großstadt mit dem sensibilisierten Gespür einer Schockierten wahr. Sie spürt den Schmerz von Kindern, die auf der Straße weinen, weil sie hingefallen sind. Sie hört das Bellen der Hunde, die einsam in Wohnungen sitzen, sie hört jedes Hupen der Autofahrer, die in Eile sind. All diese Kleinigkeiten, die geübte Städter gar nicht mehr wahrnehmen.

In New York, so berichteten Zeitungen, leiden Anwohner seit dem Attentat auf das World Trade Center unter dem Geräusch der Martinshörner. Jahrzehntelang gehörte es zur Atmosphäre der Stadt, konnten die New Yorker es einfach ausblenden. Seit dem 11. September 2001 hingegen, so die Berichte, klagen viele über den Lärm der Sirenen. New Yorker nehmen wieder jeden einzelnen Krankenwagen, jede Feuerwehr und jeden Polizeiwagen, der durch die Stadt rast, ganz bewusst wahr. Sie hören die Sirenen und fragen sich, was wohl passiert ist.

Ela ist froh, wenn all die kleinen Unglaublichkeiten der Großstadt am Abend verstummen. Ihre Dämonen sind dann weniger bedrohlich, sie nehmen vertraute Plätze ein und Ela macht für sich und all die Gestalten Kaffee.

An diesem Abend hat sie Kuchen dazu besorgt. Sie lädt mich ein, die dunkleren Stellen ihrer Erinnerung mit ihr zu erkunden.

„Na los doch", sagt sie entschlossen. „Was willst du wissen!"

Ich frage nach Marek. So nenne ich ihren Zuhälter, dessen Namen sie mir nicht verrät und dessen Identität sie bedeckt hält.

Das ist der Mann, den sie liebte. Der Ukrainer, der sie verkaufte.

Was war er für einer?

„Oh, er hat was hergemacht, der Marek, wie er in seinem BMW vorfuhr. Jung, gebildet und aus anständigem Haus."

So wie du?

„In gewisser Weise schon."

Erzähl über ihn, wie war er?

„Ich weiß nicht."

Wie bitte?

„Ich kann mich nicht erinnern."

War er groß?

„Ja, aber nicht richtig."

Sah er gut aus?

„Weiß nicht, wahrscheinlich."

Wie mit einem Kohlehaken im Kamin stochere ich in Elas Seele nach Erinnerungen. Erfolglos.

Marek ist gesichtslos und körperlos. Es ist schließlich Jahre her! Er fliegt wie ein Phantom durch ihr Leben.

Gedankenverloren zupft Ela an dem Stickdeckchen, auf dem die rosa Kerze brennt. Sie hat heute dezenten silbernen Nagellack aufgelegt. Schön schimmern ihre zarten Hände im Schein der Kerze und ihre mandelförmigen grünen Augen sehen durch das Feuerlicht in eine Welt, die ich noch nicht kenne. Mich erstaunt ihre zurückhaltende Eleganz.

Ihr Blick löst sich langsam von der Kerze und wendet sich mir zu.

„Warum fragst du nach Marek?"

Ich möchte verstehen, wie du einen Zuhälter kennen lernen konntest ohne die leiseste Ahnung von dem Mann hinter der Maske zu haben. Mehr sogar: Wie du dich in ihn verliebt hast. Du bist intelligent. Wie passiert so was?

Sie schüttelt ihren Kopf. „Ich weiß es auch nicht. Ich bin wahrscheinlich blöd."

Ihr Blick verliert sich wieder im Kerzenlicht.

„Es war im Sommer – in der Stadt Jalta. Eine Diskothek am Strand. Er hat mir den Hof gemacht und ich war sofort verknallt in ihn. Es ging schnell. Für ein halbes Jahr mieteten wir in der Nähe des Strandes eine kleine Wohnung und waren einfach nur glücklich. Ich bekam damals einen Job als Kellnerin in der Touristenbar des größten Hotels am Strand, lange hatte ich mich um diese Stelle bemüht. Das war wie ein Hauptgewinn im Lotto. Ich konnte dort in relativ kurzer Zeit viel Geld verdienen – jede Nacht um die 50 Dollar. Das entsprach einem Monatseinkommen in der Ukraine. Mit diesem Geld würde die Finanzierung des Modedesign-Studiums, für das ich mich beworben hatte, eine Kleinigkeit sein, dachte ich. Ich konnte mir endlich ein Abendkleid leisten, italienische Schuhe und sogar Chanel No. 5.

Reiste Marek geschäftlich nach Russland, Deutschland, Polen oder Bulgarien, dann besuchte ich meine Mutter und Schwester. Es war ein Vergnügen, sie mit Dingen zu beschenken, die sich unsere Familie sonst nicht leisten konnte. Und das war in jener Zeit sehr viel. Die beiden bewunderten mich dafür. Ich habe sogar dafür gesorgt, dass unsere Wohnung renoviert wurde."

Da warst du also die Ernährerin?

„Ja, das kann man so sagen."

Wie reagierte deine Familie auf Marek?

„Mein älterer Bruder mochte Marek und half ihm, wo er konnte. Fast wie Freundschaftsdienste unter Verwandten. Igor arbeitete bei der Polizei."

Mhm. Also hatte Marek durch deinen Bruder eine zuverlässige Hilfe bei seinen dunklen Geschäften?

„Ja, so war das wohl. Igor hatte immer öfter Dollars statt Rubel in der Tasche."

Das fiel dir auf?

„Nein, damals nicht. So vieles hatte sich in dieser Zeit in der Ukraine verändert. Niemand konnte mehr Legales von Illegalem unterscheiden."

Wieso, gab es keine Regierung, keine Gesetze?

„Es war nach dem Fall des Eisernen Vorhangs, nachdem die Ukraine sich von Russland gelöst hatte. Niemand konnte mehr Mafia und Staat auseinander halten. Plötzlich gab es über Nacht Privateigentum. Der Rubel verfiel und der Dollar wurde legal, nur seine Beschaffung blieb im Dunkeln. Wie heißt noch das Wort?"

Dubios.

„Ja, das. Die Regierung konnte die Mafia nicht unter Kontrolle halten, die waren einfach überall. Machten Geld und wuschen Geld. Das weiß ich heute – damals war ich naiv und wünschte mir einfach ein schönes Leben. Über die Zusammenhänge haben wir nicht viel nachgedacht. Es wurde ja auch nicht darüber gesprochen, so wie hier, in Deutschland, wo die Zeitungen voll davon sind. Wer wie Marek ein Geschäft gründen wollte, brauchte Unterstützung von vielen Seiten: Polizei, Mafia, Staat und Banken. Ein unübersichtliches Geflecht von Beziehungen."

Hast du dich für Mareks Geschäfte interessiert?

„Nein, in allen praktischen Dingen vertraute ich ihm blind. Dass mein Bruder ihm half, schwachsinnige Bestimmungen zu umgehen, schneller an ein Visum oder den passenden Stempel für eine Genehmigung zu kommen – das fand ich okay und war Igor sogar dankbar. Wie hätte ich denn wissen sollen, dass er einen kriminellen Ring von Menschen- und Waffenhandel aufbaut."

Ich frage, was Ela an Marek gefiel, was ihr das Gefühl gab, in seinen Armen gut aufgehoben zu sein.

Sie überlegt, antwortet zögernd.

„Marek beherrschte das gesellschaftliche Spiel. Wenn wir zusammen weggingen, kannten ihn die Türsteher aller angesagten Diskotheken und Restaurants, sie begrüßten ihn mit Handschlag."

Pause.

„Ich konnte beobachteten, wie viele seine Nähe suchten, seinen Rat einholten. Er strahlte Freundlichkeit aus. Er wusste Bescheid. Neben all seinen geschäftlichen Aktivitäten studierte er noch Recht und Wirtschaft in Kiew. Er war einer, der aus seinem Leben etwas machen würde – das faszinierte mich und ich schien gut dazu zu passen."

Wie hast du dir deine Zukunft mit ihm vorgestellt?

„An freien Tagen machten wir auf Familie und ich war glücklich. Ich brauchte nur die Augen zu schließen, um meinen Lebenstraum vor mir zu sehen: Ein sonnenumflutetes Glashaus am Strand. Ich stehe im zweiten Stock des Hauses, sehe auf das wogende Meer und öffne die Glasschiebetüren, eine Windböe geht durch mein Haar und streichelt meine Haut. Das neue rosarote Sommerkleid aus Chiffonseide ist bis zum Knie geschnitten und umspielt meinen Körper. So stehe ich, bis ich die Stimme eines meiner Kinder höre: ‚Mama‘."

Und dein Mann?

„In diesem Traum ist er Pilot oder Polizist. Ein Abenteurer oder ein Gerechter. So wie Marek." Sie lacht bitter.

Es kam dann doch etwas anders, sage ich.

„Ja, aber wer weiß, was meine Zukunft jetzt bringt."

Ela lenkt ab, mit einer Anspielung auf ihren großen Schwarm. Einen Mann, der uns immer mal wieder beschäftigt, wenn wir gerade nicht über die Vergangenheit reden. Sie lernte ihn vor ein paar Jahren im ukrainischen Konsulat kennen. Er holte sich dort touristische Informationen über die Krim, diese malerische Halbinsel im Süden des Landes. Sie war dort, um einen neuen Pass zu beantragen. Beide sahen sich an, sprachen kurz miteinander, dann gingen sie einen Kaffee trinken und danach trafen sie sich ab und zu. Manchmal gingen sie ins Kino, manchmal einfach spazieren. Er ist Geschäftsmann, einer der viel unterwegs ist. Er kam und ging, wie es ihm passte. Bis heute. Ein harter Brocken, den Ela gern knacken will. Sie glaubt an seinen weichen Kern.

Nach alldem hättest du ein wenig Glück verdient, sage ich.

„Ja, man muss nur wollen, dann wird der Traum auch wahr", antwortet Ela blitzschnell.

Zurück zu Marek. Wie sah der Alltag mit ihm aus?

„Marek bestimmte, wo es langging. Ich war für ihn da, wenn er Zeit hatte. Ich wartete auf seine Anrufe, die Überraschungen, wenn er plötzlich mit seinen kleinen Liebesbeweisen aus dem Blumenladen vor der Tür stand. Wir zögerten nicht, wir lebten in vollen Zügen. Strand, Spaß, Disco, in Cliquen unterwegs sein, einkaufen, essen gehen, abhängen, genießen. Die Zeit war kurz und intensiv."

Sie lächelt.

So war der letzte Sommer gewesen, der letzte Sommer *davor*.

Hast du Sehnsucht nach dieser Zeit? Nach deinem Zuhause?

„Nein. Das ist für immer vorbei", sagt sie bestimmt. „Die Ela von damals gibt es nicht mehr und meine Heimat hasse ich. Meine Heimat hat mich verraten, verkauft, im Stich gelassen und nun macht sie sich über mich lustig."

Ela ist wütend. Wütend und einsam. Sie sagt, ihr ukrainischer Geliebter habe sie verkauft, ihre ukrainische Familie habe ihn unterstützt und alles, was sie jetzt von ihr wollten, sei Geld. Ihr Leid könne sie mit keinem aus der Ukraine teilen, jeder würde sagen: „Selbst schuld. Sei froh, dass du noch in Deutschland bist, wo es dir gut geht." Ihr Konsulat weigere sich, ihr einen neuen Pass auszustellen. Und selbst im Frauenhaus sei es eine Ukrainerin gewesen, die vernichtende Gerüchte über sie erzählte. Nein, die Ukraine vermisse sie nicht.

Die Schärfe in Elas Stimme nimmt zu. Ich lege eine Pause ein und frage nach Tee. Ela steht auf, um Wasser aufzusetzen.

Aufgussbeutel in Sternzeichentassen.

Ela beschäftigt sich viel mit Astrologie. „Ich bin geboren worden und hatte Pluto im Aszendenten. Das heißt, ich werde mich mein ganzes Leben mit Extremen und Abgründen zu beschäftigen haben", erklärt sie. „Dieses Jahr kommt ein Saturnaspekt auf meine Sonne. Das fordert Konzentration meinerseits und den Abwurf jeglichen alten Ballasts. Wenn ich nicht vorsichtig bin, kann ich aber auch von der Last erschlagen werden. Sollte ich es schaffen, all meine Kräfte zu sammeln, dann kann es gut gehen. Es deutet auf meinen Prozess hin."

Aha, sage ich und schaue verwirrt auf die Sternzeichentasse. Astrologie, so lerne ich mit der Zeit, kam in Elas Leben, als die Phase des puren Überlebens hinter ihr lag und die Fragen immer drängender wurden. Warum erwischte es sie? Warum nicht das Mädchen neben ihr an der Bar in Jalta? Nach Jahren im Puff und im Frauenhaus stand sie mehr als einmal vor dem Abgrund menschlicher Verwahrlosung. Sie hatte keine Erklärungen für so viel Schrecken. Ihre Masche, alles mit Sternen zu erklären, ist so gesehen ein nächster Schritt in die Freiheit: Wenn alles vorherbestimmt ist, trägt sie nicht allein die Schuld, muss sich nicht permanent Vorwürfe machen. Wenn alles Schicksal ist, braucht sie sich nicht selbst zu hassen. So absurd es mir erscheint, die Sterne führen sie aus dem Tal der Selbstverleugnung.

„Bald geht Jupiter ins vierte Haus, da kann ich mich zurückziehen, mich mit mir selbst befassen und nach neuen Schätzen in mir suchen", erklärt Ela. „Vielleicht eine Familie gründen oder überhaupt erst mal ausgiebig über meine Beziehungskisten nachdenken. Jupiter kann mir helfen, endlich wieder Vertrauen zu fassen."

Wir schlürfen heißen Tee mit Warenije – ukrainische Aprikosenkonfitüre, die man in den Tee rührt oder löffelweise dazu isst. Die gibt es immer, wenn mal wieder ein Paket von Zuhause, von der Mutter, gekommen ist. Einer Mutter, über die Ela nicht sprechen will. Einem Zuhause, in das sie nicht zurückkehren will.

Wie wurde aus der Sommerromanze etwas Festeres? Wie kam es zu dem Entschluss, nach Deutschland zu gehen?

„Seine Idee."

Und du hast alles stehen und liegen lassen?

„Ja. Meine Mutter war sauer, weil ich das Studium sausen ließ. Aber es war richtig so."

Es war gut so?

„Ja, ich habe doch gesagt, es stand sowieso schon alles in den Sternen", wiederholt sie, als wäre ich ein störrisches Kind, das nicht verstehen will. Meine Fragen schmerzen Ela, sie möchte reden und will doch nicht erinnert werden an diese Tage, in denen sie ganz allein und voller Energie ins Unglück lief. Sie möchte von den dunklen Gestalten, die sie so oft besuchen kommen, erzählen – und will sie doch nicht wirklich ins Zimmer lassen.

Ela zündet sich eine Zigarette an.

„Wir fuhren nach Deutschland", sagt sie. „Er mietete eine Wohnung für uns und nahm meinen Pass, um mich bei der Polizei anzumelden, wie er sagte."

Warum hat er ihn behalten?

„Warum nicht, wir waren fast verlobt und ich vertraute ihm. Den Pass brauchte ich nicht. Meinen ukrainischen Pass für das Inland, also den Personalausweis, den hatte ich noch. Ich konnte mich ausweisen, das meinst du doch?"

Ihr Ton ist wieder messerscharf.

Ja, das meinte ich.

„Marek kümmerte sich um alles. Wir wohnten in Bostorf. 25 000 Einwohner, eigenes Rathaus, Einkaufspassage, freiwillige Feuerwehr, örtliche Polizeidienststelle, Gymnasium und eine große Zementfabrik. Ein Ort, der kleiner war als meine Heimatstadt. Und weil in Bostorf früher Russen stationiert waren, gab es eine Art russisch-ukrainischer Diaspora."

Hattet ihr dort Freunde?

„Kumpels."

In Elas Wortschatz gibt es kaum ein anderes Wort für Menschen, die sie in jener Zeit traf. Alle waren Kumpels. Die Steigerung von Kumpel ist: na ja, ein Bekannter.

„Mit den Kumpels wollte Marek eine Bar eröffnen. Ich als Freundin und zukünftige Ehefrau half malern und putzen."

Du hast in deinem zukünftigen Puff gemalert?

Ja, das habe sie. Ihr Lachen klingt rau.

Und dir ist nichts aufgefallen?

„Nein!"

Ich überlege einen Moment. Wie kann man denn – ich will sagen:

so blöd sein, halte mich aber zurück und frage stattdessen: Wie kann man so was nicht sehen?

„Vielleicht wollte ich es nicht."

Du hast es also doch gesehen?

„Nein!"

Ela schaut demonstrativ auf ihre perfekt manikürten Fingernägel.

„Da gab es Räume hinten", sagt sie leise. „Aber die waren immer abgeschlossen oder sie wurden gleich abgeschlossen, wenn ich kam. Die Kumpels haben gesagt, es wären Lagerräume für Getränke, Möbel, Lebensmittel. Es gab keinen Grund für mich, das nicht zu glauben."

Mein Blick fällt auf das Plüschkissen auf Elas Nachttisch. Ich denke: Ich habe kein Recht, sie so zu fragen. Es ist brutal. Mir kommen wieder all die Frauen in den Sinn, denen es wie Ela ergangen ist. Etwa 500 000 Mädchen, so sagen nichtstaatliche Hilfsorganisationen, werden in Europa jedes Jahr Opfer von Menschenhandel. Anti-Slavery International geht hier von mehreren 10 000 dokumentierten Fällen aus. Sie alle kommen, von falschen Versprechungen gelockt, nach Westeuropa und landen dort in der Zwangsprostitution. Frauen, die, falls ihnen die Flucht gelingt oder sie befreit werden, den Rest ihres Lebens mit der Scham, der Entwürdigung und den Erinnerungen leben. Mein Versuch, Ela zu verstehen, ist auch der Versuch, dieses Phänomen begreifbarer zu machen. Warum glauben diese Frauen bis zum Schluss an ein gutes Ende? Warum folgen sie Männern, die sich später als skrupellos erweisen, in den Westen? Warum übersehen sie die vielen kleinen Zeichen?

Du hast die Zimmer also nicht gesehen?

Ela schweigt. Nach einer längeren Pause sagt sie: „Du provozierst."

Ja, ist das okay für dich?

„Ich sage dir sowieso nur, was ich will. Es tut zwar gut, darüber zu sprechen, aber ich habe das noch nie gemacht."

Elas Gesicht entspannt sich etwas. Der Anfang ist geschafft.

„Also, nein, ich habe die Zimmer nicht gesehen", sagt sie. „Ich habe nicht verstanden, dass alle um mich herum kriminell waren. Dass es ein paar eklige Typen gab, sah ich, aber die waren mit anderen Mädchen zusammen, mit denen hätte ich mich nie eingelassen. Bei denen wäre so was wie Gewalt vielleicht möglich gewesen, aber nicht in meiner Beziehung zu Marek."

Willst du mir erzählen, was nach dem Einrichten der Bar passierte? Wann hast du verstanden, was los ist?

„Du meinst die Vergewaltigung."

Ja.

„Müssen wir ja irgendwann", sagt sie und versucht ein Lächeln.

„Es war zur Eröffnung der Bar, eigentlich ein toller Tag. Marek musste vorher abreisen, geschäftlich zurück in die Ukraine, so dass ich ohne ihn hinging. Er war so lieb gewesen vor seiner Abreise, hatte mir noch russische Bücher besorgt und ein Deutschlehrbuch. Ich sprach damals noch kein Wort deutsch, hatte mir aber in den Kopf gesetzt, es so schnell wie möglich zu lernen, um mich in Bostorf frei bewegen zu können. Na, Vokabeln lernen brauchte ich dann nicht mehr, im Puff bekamen wir ganz schnell den Grundwortschatz für Nutten beigebracht:

Mach dir das Kondom über!

Darf ich dir helfen?

Es wird dir Spaß machen.

Gefällt es dir so?

Bist du zufrieden?

Was willst du?

Du musst vorn bezahlen."

Schlagartig wird mir klar, wie ausgeliefert Ela in jenen ersten Wochen in Deutschland gewesen sein muss. Sie begriff ihre Umwelt nicht. Um zu kommunizieren, konnte sie nur auf ein paar Sätze zurückgreifen, die für sie wie Chinesisch klangen. Wenn jemand sie verstand, schien es ihr immer wie ein kleines Wunder.

Später erzählte mir Ela, dass sie nicht einmal einzelne Worte in ihren Sätzen unterscheiden konnte. Sie fragte: „Wiwilsttus?" und der Angesprochene drehte sie mit dem Gesicht zur Wand, beugte ihren Oberkörper nach vorn und nahm sie von hinten.

Er hatte sie verstanden.

Sie wusste nicht, dass dieser Satz aus vier Wörtern bestand: „Wie willst du es?" Geschweige denn, dass sie hätte sagen können: „So nicht!"

„Möchtest du noch einen Tee?"

Ela schweift ab. Sie näherte sich der Szene, mit der ihr unbeschwertes Leben endete und ihr undefiniertes Leben begann. Nun entfernt sie sich wieder. Sie hat es versucht und ist weiter gekommen als je zuvor. Bei unserem ersten Gespräch hatte ich sie gefragt, ob ich ihr jede erdenkliche Frage stellen könne. Ela hatte nur knapp geantwortet: „Wenn du mit den Antworten leben kannst." Ich ahne plötzlich, wie viel Mut jene Antworten von ihr verlangen, und mag sie nicht mehr drängen, jedenfalls nicht heute. Ohne Schnörkel wechsle ich das Thema.

Sag mal, Ela, welche Sprachen sprichst du eigentlich?

„Russisch, ukrainisch, italienisch, deutsch."

Und welche würdest du gern noch lernen?

„Französisch."

Warst du schon mal in Paris?

„Nein, mich interessiert Rom mehr." Dankbar geht sie darauf ein. Was interessiert dich in Rom? Die Italiener oder die Kunst? „Beides." Sie lächelt und erzählt von ihrer großen Sehnsucht, einmal nach Italien zu fahren. Florenz! Ach ja.

Es ist zwei Uhr morgens. Ich verlasse die Kirche, gehe auf den Parkplatz.

Die kalte Luft holt mich aus Elas Welt.

Die Worte einer Sozialarbeiterin geistern durch meinen Kopf. Zwangsprostituierte, die ihr Schicksal erzählen, würden mit Gewissheit lügen, erklärte sie, als ich sie für einen Zeitungsartikel interviewte. Keine spräche von dieser Hölle, meinte sie. Kurz gesagt, ein Bericht darüber mache wenig Sinn. Sie hatte mich eisig empfangen und misstrauisch behandelt, wie so viele, die ich davor und danach traf. Mitarbeiter von Behörden und Hilfsorganisationen, die ihre tägliche Arbeit den Frauen auf der untersten Stufe der sozialen Hierarchie widmen. Die auf ihrer Suche nach Fördergeldern, Unterstützung und Verständnis mit beständiger Regelmäßigkeit demselben Vorurteil begegnen: Zwangsprostituierte gibt es nicht, eine Nutte ist eine Nutte und bleibt eine.

Die Vergewaltigung

Einmal im Monat muss Ela zum Sozialamt. Dort bekommt sie ihr Geld und alle Fragen werden erörtert, die ihr materielles Leben in Deutschland betreffen. Ich fahre heute mit, weil sie sich erkundigen möchte, ob sie Anspruch auf einen Wohnberechtigungsschein hat. Hätte sie das Recht auf einen Schein, könnte sie sich eine eigene Wohnung suchen. Die zweite Frage ist, ob das Amt eine Wurzelbehandlung beim Zahnarzt übernimmt.

Elas Deutsch ist gut genug, sie könnte all diese Fragen selbst stellen. Doch wenn ihre Nummer aufgerufen wird, ist sie oft zu aufgeregt, um richtig zu formulieren und den Antworten ruhig zuzuhören. Und selbst wenn sie sie versteht, kann sie sich manchmal keinen Reim darauf machen. Alle Vokabeln eines Satzes zu kennen, heißt noch lange nicht, dass man den kulturellen Kontext, der den Worten einen Sinn gibt, ebenfalls versteht.

Eine junge Beamtin, die Sonnenbrille modisch über die Stirn ins brünette Haar geschoben, antwortet kurz und präzise: „Das Amt gibt ihnen keine Zusagen für ärztliche Operationen. Zuerst muss der behandelnde Arzt einen OP-Antrag an das Sozialamt stellen, dann wird es von dort zum Amtsarzt geschickt und bearbeitet, geht wieder zurück zum Sozialamt und dann entscheidet der zuständige Sachbearbeiter über die Genehmigung. Klar?"

Ich bin Deutsche und kann diesem bürokratischen Zickzack geübt folgen. Ela nicht. Sie zieht ihre Stirn kraus und sieht aus, als dächte sie: „Das ist alles so verrückt, dass ich es einfach falsch verstanden haben muss."

Doch Ela scheint mit den Jahren gut gelernt zu haben, wie man bei

Behörden vorwärts kommt. Sie fragt höflich, wie lange denn so ein Vorgang dauern würde. „Drei Wochen. Verstehen Sie, wir sind hier keine Ärzte und deshalb brauchen wir den Bescheid eines Fachmanns, weil nur der über ihren Gesundheitszustand Auskunft erteilen kann. Wir wissen das nicht, weil wir keine Ärzte sind. Deshalb bringen sie uns bitte den Antrag ihres Arztes", hagelt die Antwort auf uns nieder.

Zum Wohnberechtigungsschein befragt, sagt sie, dass eine andere Stelle des Hauses zuständig sei, die jetzt allerdings geschlossen habe. Freundlich erhalten wir Namen, Zimmer- und Telefonnummer der zuständigen Sachbearbeiterin.

Wir steigen ins Auto und fahren unverrichteter Dinge zurück in Richtung Kirchenasyl. Ela schweigt, zündet sich eine Zigarette an. Als sie ihre Kippe im Aschenbecher ausdrückt, sagt sie unvermittelt: „Sie ist also keine Ärztin. Wäre ich nicht drauf gekommen."

Ja, gut, dass sie uns das gesagt hat.

Wir lachen.

Eis mit Schlagsahne und einen Cappuccino?

„Gute Idee. Lass uns in mein Lieblingscafé fahren."

Berlin ist eine Ansammlung von vielen, vor Hunderten von Jahren eingemeindeten Dörfern, jeder Stadtteil hat sein eigenes Zentrum. In Elas Viertel bilden drei gut erhaltene Fachwerkhäuser den mittelalterlichen Stadtkern, in dem auch Elas Lieblingscafé liegt. Eine italienische Eisdiele in Rosa.

Wir schlendern dahin, schwatzen über die Ereignisse der letzten Tage, setzen uns auf eine Bank und genießen die Sonne. Zwei junge Türken sind um Aufmerksamkeit bemüht, mit Handy am Ohr berlinern sie laut: „Eh, wat kann ick dafür, wenn du überall deine Nummer verteilen musst!"

Ela lacht über einen Dackel, der zwei ältere Damen zu C&A führt. Sie wünscht sich auch einen Hund. So einen süßen, kleinen, der da ist, wenn sie nach Hause kommt. Ein Hund, der sich freut, dass es sie gibt, für den sie da sein muss und der sie bedingungslos braucht. Einer, der so Trost gebende braune Augen hat wie dieser. So ein Dackel wäre schön.

Die jungen Türken schenken Ela einen Luftballon: „Eh, dit is für dir und heißt: Willste mir kennen lernen."

Ela will nicht.

Die Sonne geht unter am Horizont und der persische Blumenverkäufer senkt jede Viertelstunde ein wenig den Preis seiner Rosen und Gladiolen. „Ab 2,50 Euro für zehn Rosen steige ich ein", sagt Ela voller Hoffnung. Doch so weit herunterhandeln lässt sich der Perser selbst von der schönen Ela nicht.

Ohne Rosen geht's zurück ins Kirchenasyl.

Guter Laune schließt Ela ihre Tür auf. Noch bevor ich Platz nehme, quasselt sie los: „Gestern habe ich wieder meine Arme hochgerissen und gerufen: ,Lieber Gott! Warum ich? Lass mich doch in Ruhe, ich will nicht mehr denken!' Aber es denkt in mir und ich kann nicht flüchten, höchstens fernsehen. Und was macht er? Denkst du, er hilft mir? Nein, er sitzt da oben und kichert über mich. ,Mach du mal schön deine Hausaufgaben', sagt er und ich weiß, ich weiß es, ich muss da durch."

Ela setzt sich und sieht mich an.

„Na, frag mich!"

Worüber willst du reden?

Ich spüre, wie dünn das Eis ist, auf dem ich mich bewege. Wie sich ihre Erinnerungen gestaut haben und wie mein Zuhören den Staudamm langsam öffnet.

Warum fällt es dir so schwer, die Erlebnisse zu schildern?

„Ich weiß nicht, wo ich anfangen soll. Ich will gleichzeitig über alles und nichts sprechen. Jedes Mal, wenn ich beginne, überschlagen sich die Erinnerungen und ich sehe die Apokalypse kommen. Ich sehe mich im Schrank kauernd, versteckt vor den Zuhältern. Ich höre, wie der Blumentopf durch das Fenster fliegt, den ich warf, zu meiner Rettung, nachdem ich davongerannt war. Ich spüre den Schlag eines Handrückens in meinem Gesicht, höre das Motorengeräusch, das mir folgt, sehe die Plastiktüten, die ich auf der Flucht hielt, die Blutlache im Frauenhaus, ich höre das Lachen am Strand – alles gleichzeitig. Und so will ich auch alles gleichzeitig erzählen, damit du es verstehen kannst."

Ela kann über das Vergangene nicht mit derselben Distanz berichten, die sie bei anderen Menschen beobachtet. Das Gewesene und das Jetzt sind für sie eins. Wenn die Worte fließen, ist sie wieder in der Welt der Zuhälter, auf der Flucht, wird wieder vergewaltigt. Die Schmerzen, die Gefühle, alles ist so original wie damals, als es passierte.

„Weißt du, dass die Polizei mich dem Vergewaltiger in einem Korridor gegenübergestellt hat?"

Nein.

„Ich habe immer wieder gefragt, ob er hinter Glas in einem anderen Raum ist. So, wie ich es in Filmen gesehen habe. Ja, sagten sie und dann bat mich eine Polizistin in den Flur und fragte: ,Hat Sie dieser Mann vergewaltigt?' So plötzlich, so unvorbereitet kam das und ich konnte es gar nicht genau sagen. Also musste ich noch einmal in den Flur."

Pause.

„Er war es."

Elas Gesicht ist kreideweiß. Die Erinnerungen detonieren in ihr. Lautlos, unsichtbar, doch die Wunden, die sie reißen, sind unübersehbar. Ela ist verloren, vollkommen allein im Gefecht.

Was fühlst du jetzt?

„Dumpfe Granateneinschläge. Ein Feuer bricht aus. Es riecht nach verbranntem Fleisch. Blut spritzt. Gewehrläufe überall."

Elas Stimme ist weder angstvoll noch erschrocken. Sie wirkt unbeteiligt.

„Wenn ich jetzt weiterrede, passiert, was immer passiert. Ich stehe im Kugelhagel und die Menschen um mich herum schauen entzückt zu, voller Spannung über so viel Außergewöhnliches. Und dann gießen sie sich Tee nach."

Ja richtig, willst du auch einen?

Ich habe eine Ahnung, dass ich auf Elas Humor bauen kann. Drama und Komik liegen bekanntlich nah beieinander, Ironie schafft die Distanz, die sonst so unerreichbar scheint. Ela ist zu klug für stumpfes Mitleid.

Es funktioniert.

Wir dippen die Aufgussbeutel, schlürfen Kamille.

Dreimal, viermal holt Ela tief Luft, will etwas sagen, schweigt aber. Reden scheint unmöglich, und doch, wenn sie gar nicht spricht, könnte sie in sich verloren gehen. In Mexiko gibt es ein Dorf, das einem Massaker zum Opfer fiel. Die Überlebenden sprachen über ein Jahr nicht, nicht ein einziges Wort, sie waren verstummt.

Ein Abgrund tut sich auf mit all dem, was sie gerade sagen wollte. Reden zu können ist wie eine Vergewisserung, noch am Leben zu sein, doch immer kommt der Moment, an dem sie den Griff zum Öffnen des Fallschirms ziehen muss. Sonst könnte sie abstürzen.

Ela atmet noch einmal tief ein, aber es scheint ihr die Luft zu fehlen, alles bleibt stehen. Wenn sie jetzt zu reden beginnt, fällt sie in den Abgrund und ist verloren. Sie muss sich retten. Wo liegen sie nur, ja, da sind sie, da ist die Reißleine, gleich neben der linken Hand liegt die Schachtel. Den Griff fassen und den Schirm öffnen ... die Zigarette flutscht zwischen ihre Lippen, doch der Schirm öffnet sich noch nicht ... wo liegt das Feuerzeug ... und jetzt: Feuer! Tief ziehen, sie sieht den Fallschirm über sich ... sie atmet ... vorbei an der Verzweiflung zwischen Magen- und Herzgegend ... ein und aus. Ein. Und aus.

Der existenzielle Rhythmus ist wieder da. Ein. Und aus.

Wer kann sie noch sehen hinter diesen Krämpfen.

Wer kann hören, was sie sagt und verschweigt.

Es gibt Dinge, für die es keine Worte gibt.

„Als ich ihnen gesagt hatte, dass es der Mann war, nahm ein Polizist das Protokoll auf und schlug Schadensersatz bzw. Schmerzensgeld in Höhe von 2500 Euro vor. Ich sagte ihm, dass ich da wäre, um den Mann zu verklagen, und nicht, um 2500 Euro zu bekommen. Da sagte der: ‚Aber Fräulein, Sie werden mir doch nicht erzählen wollen, dass Sie mit 150 Euro Stütze auskommen! Und dann die vielen Geschäfte hier im Westen – nehmen Sie das Geld und vergessen Sie die Klage!‘ Das sagte der Polizist zu mir ...“

Ela weint. Ihre Tränen fließen lautlos, kein Schluchzen, nur Tränen. Ab und zu hält sie sich die Augen zu, aber auch das kann den Fluss nicht unterbrechen.

„Ich musste mich so zusammenreißen, um nicht auf den Bullen loszugehen. Dieser Arsch. Hätte ich nur ein falsches Wort gesagt, er hätte es gegen mich verwendet und alles wäre umsonst gewesen. Die ganze Flucht, alles.“

Ein. Und aus. Elas ganze Konzentration geht fürs Rauchen drauf. Sie ist wütend. Aggressiv. Die Explosionen um sie herum nehmen kein Ende.

Es reicht für heute, beschließe ich. Es wird noch Monate dauern, bis sie sprechen kann.

Ein Irrtum, der mich schon bald einigen Schlaf kosten sollte. Vielleicht war es nicht Ela, die mehr Zeit brauchte, sondern ich.

Der Sommer kommt plötzlich und ohne Vorwarnung. Wir schlendern durch den Tiergarten, mit tausend anderen Städtern, die die wohltuende Wärme kaum fassen können.

Zum ersten Mal fällt mir auf, wie dünn und blass Ela ist. Sie trägt eine beigefarbene Hosenkombination aus scheinbar seidigem Material, das sich bei jedem Windzug an ihre Knochen schmiegt.

Ihre Haare wehen im lauen Wind, sie genießt es. Spröde und glanzlos sind sie. Auch das Make-up kann ihre Augenringe, die kranke Haut und die Blässe nicht verdecken. Es geht Ela nicht gut.

Sie spaziert neben mir, die Arme vor sich verschränkt, als würde sie frieren. Bei genauerem Hinsehen bemerke ich, dass sie ab und zu von einem leichtes Zittern erbebt und eine Gänsehaut bekommt.

Es sind 32 Grad im Schatten. Mir rinnt der Schweiß. Die Liebespaare, die türkischen Familien in Eintracht um ihren Grill und die kreischenden Kinder unter den Rasensprengern, all das stimmt mich friedlich und gelassen. Ganz anders Ela. Sie ist heute eine Festung im Kriegszustand.

Ein ungewohnter Widerstand macht sich in mir breit. Zum ersten Mal habe ich keine Lust auf ein Interview. Ahne ich, was auf mich zukommt? Es ist ein so schöner Tag, wir könnten uns ein Eis gönnen, wortlos auf die Boote im Teich blicken. Warum gerade heute in das dunkle Paralleluniversum einer Exprostituierten schauen?

Ela stellt existenzielle Fragen.

„Der Tod kann jeden Moment kommen. Der Tod ist nicht so schlimm wie diese eine, große Angst vor allem. Nicht wahr?"
So ist es in der Welt der Schockierten. Ich beobachte ein Geschwisterpaar, das Vater, Mutter, Kind spielt. Im Moment streiten sie darüber, ob das Kind spielen darf oder ins Bett gebracht werden muss.

Ela sieht ihre Umgebung nicht. „Manchmal, wenn ich nicht atmen kann", sagt sie, „frage ich mich, was los ist, und dann merke ich wieder: Es ist diese große Angst, die mir die Luft abschneidet. Dieses Etwas, das sich mir auf den Brustkorb legt. Verstehst du?"
Ja, sage ich. Ich verstehe. Dieses Etwas legt sich einem auf die Brust wie eine Fata Morgana. Doch wenn man nach der Last greifen will, ist da nichts als Haut.

„Genau", sagt sie. „Tod wäre Erlösung. Nicht wahr?"
Ja, der Tod. Hm.

„Diese ohnmächtige Wut, manchmal ist sie so groß, dass ich denke, jetzt implodiere ich. Falle tot um und endlich ist es vorbei. Aber immer wieder muss ich weiterleben. Verstehst du?"
Ich verstehe Ela. Vielleicht zu gut. Vielleicht bin ich deshalb heute so zögernd. Oft genug habe ich mit Traumatisierten gearbeitet, bin mit Straßenkindern umhergezogen, die kaum 15-jährig schon drogensüchtig sind. Ich habe im Milieu Interviews geführt, habe wochenlang Obdachlosen zugehört, fast mit ihnen gelebt; habe Menschen getroffen, die in der Kanalisation, der Unterwelt Berlins leben, und Menschen, die soeben ihr Kind, ihren Mann, ihre Familie verloren hatten. Ich habe Vergewaltigungsopfer leiden und missbrauchte Frauen zu ihren Männern zurückkehren sehen.
Ich weiß vieles von Elas Welt und ich sehe sehr deutlich, dass sie

heute im Tunnel der Erinnerung tappt. Ein Tunnel voller Dynamit. Egal worüber wir heute sprechen, das Dynamit wird hochgehen. Wenn Ela den Sommertag überhaupt wahrnimmt, dann ist er widerlich in seiner friedlichen Schönheit. Unglaublich, dass die Menschen so fröhlich sein können.

Zügigen Schrittes folge ich ihr durch den Park. Ich schwitze, sie friert noch immer, als wäre es Winter.

Wenn ich sie heute nicht verlieren will, muss ich in ihre Welt gehen, sie nicht alleine ihrem Schlachtfeld überlassen.

Worauf bist du heute wütend?

„Dass ich mich nicht mehr verlieben kann. Ich wünsche mir so sehr, mit jemandem zusammen zu sein, aber sobald dieser Jemand in meine Nähe kommt, raste ich aus. Ich glaube dem Schein nicht mehr, ich glaube gar nichts mehr."

Die Binsenweisheit, dass der Schein trügt, ist eine unendliche Erkenntnis für Ela. Immer wieder betont sie es. Als müsse sie sich selbst versichern.

Bist du wütend auf Marek?

„Er ist es nicht wert, dass man auf ihn wütend ist." Ihre Stimme wird schneidend.

Ja, sie ist wütend.

Er war nicht einmal da, an jenem Tag, an dem es passierte.

„Es war der Tag, an dem die Bar eröffnet wurde", beginnt sie. „Unsere Clique hatte die Eröffnung auf einen Sonnabend gelegt. Ich vermisste Marek sehr, der verreist war. Doch trotz seiner Abwesenheit und meines Kummers beschloss ich, diesen Abend zu zelebrieren. Die Bar sollte unser erstes Business in Deutschland sein! Mareks Talent und mein Beistand im Hintergrund würden uns direkt in den Olymp des Erfolges katapultieren, dachte ich damals."

Elas Haut bäumt sich auf, die Härchen auf ihren Armen stehen senkrecht.

„Am frühen Nachmittag begann ich, mich vorzubereiten. Zuerst waren meine Haare dran. Durch das winterliche Wetter und den Stress der letzten Wochen hatten sie etwas an Glanz verloren. Ich verpasste ihnen eine leichte Rottönung. Danach Lockenwickler, das dauert, denn für meine Lieblingsfrisur müssen 55 Papilotten gelegt werden. Pediküre, Maniküre und Make-up. Gegen sieben war ich fertig. Um acht hatte sich Dima angesagt. Er gehörte zu Mareks und damit auch zu meinen engeren Bekannten. Wir verstanden uns gut. Dima war ein guter Kumpel, in seiner ganzen Art, und das mochte ich an ihm. Er redete nicht viel, schien zuverlässig und zu jedem Spaß bereit. Außerdem übersetzte er für mich."

Wir sind an einem einsamen Wiesenstück angekommen, abseits vom Getümmel. Ich lege uns eine Decke ins Gras und das Sixpack eisgekühlter Cola dazu. Das Feuerzeug schnappt. Wir rauchen.

„Die Bar nannten wir ‚Red Bird' – Roter Vogel", fährt sie fort. „Ein riesiges Herz mit Flügeln leuchtete im Schaufenster, welches wir aus Sicherheitsgründen mit blickdichter Folie abdunkelten, so, wie man es auch in Jalta machte. Sie hatten sich wirklich Mühe mit der Leuchtreklame gegeben. Es strahlte rot bis auf die andere Straßenseite, als Dima und ich ankamen. RED BIRD, umrandet vom fliegenden Herz. Ich war zufrieden.

Drinnen dagegen sah es anders aus: Wenig Licht, keine Girlanden, keine Blumen, Schwarz und Rot dominierten zu sehr. Aber das alles war nur der Anfang und es gab ja noch jede Möglichkeit, die Bar auszubauen, zu verändern und zu verschönern, dachte ich. Und als ich mich umschaute, die von mir gestrichenen Fenster, die schöne schwarzlederne Sitzgarnitur, die Marek und ich ausgesucht hatten, die glitzernden Gläser über der Bar sah, da fand ich es für den Anfang gar nicht schlecht.

Ich setzte mich mit Dima an die Bar. Viele Kumpels waren da – trainierte und gut aussehende Deutsche. Nur zwei hatten ihre Freundin mitgebracht. Die anderen waren Kumpels aus der Stadt. Das Ganze hatte fast etwas Familiäres. Ich war die einzige der vier Frauen im Laden ohne wirkliche Begleitung. Es schien einer der üblichen Abende mit viel Gequatsche, Alkohol, ein bisschen Musik zu werden."

Ela zündet sich eine neue Zigarette an, köpft die erste Cola.

„Mir fehlte Marek. Es war langweilig. Frank, ein deutscher Kumpel, winkte mich zu sich. Ich dachte damals, er sei nur der offizielle Chef wegen der Papiere. Er bat mich, etwas mit seinem Freund zu quatschen, weil der ihm mit seinem Liebeskummer schon zwei Stunden in den Ohren läge. Als ich meinte, dass mein Deutsch dafür nicht ausreiche, winkte er ab.

Er, dieser Freund also, er stand hinten bei den Lagerräumen. Langsam ging ich auf ihn zu, er muss so um die vierzig gewesen sein. Er lächelte, streckte seine Hand nach mir aus und zog mich in ein Zimmer.

Ich hörte, wie ein Schloss sich drehte.

In dem Zimmer stand ein Bett. Eine Nachttischlampe brannte matt.

Er lächelte immer noch, hinter seinen schmalen Lippen kamen kurze, gelbe Zähne zum Vorschein. Ehe ich das noch zu Ende denken konnte, hatte er mich schon auf das Bett geworfen.

Ich fluchte auf Russisch, dass er den Scheiß lassen solle. Ich begriff, dass er mich nicht verstand, also wollte ich schreien, doch da hielt er mir den Mund zu. Er hatte so kleine, dicke Schweinsfinger."

Noch eine Zigarette.

Noch eine Cola.

Der Tiergarten und die Sonne sind Lichtjahre entfernt von Elas Welt.

„Ich dachte: Was passiert hier nur? Ich vermutete, dass er mich vergewaltigen wollte. Ich muss weg von hier, hämmerte es in meinem Kopf."

Ela schweigt einen Moment. Dann sagt sie: „Wenn ich mich jetzt so erinnere, scheint es, als hätte ich damals nicht begriffen, in welcher Lage ich war. Zum Beispiel dachte ich Sachen wie: Das ist wahrscheinlich keine gute Situation, in der ich gerade bin. Ich hatte eine furchtbar lange Schrecksekunde. Wie im Zeitlupentempo sah ich die Gefahr kommen und hörte eine innere Stimme, die ganz langsam sagte: ‚W e h r d i c h!'

Doch bevor ich es kapierte, hielt er schon beide Arme mit einer Hand über meinem Kopf fest. Wie von fern spürte ich, dass er sehr grob war.

Als er meinen Mund losließ, packte er meine Strumpfhose und meinen Slip und riss beide mit einem Ruck weg. Ich spürte kurz die Kälte des Zimmers unter meinem Kleid. Weit, weit entfernt von mir hörte ich meine Schuhe auf einen Teppichboden fallen. Es klang wie dumpfe Schüsse.

Ich schrie, aber ich bekam keine Luft. Warum konnte ich nicht atmen. Es gab doch Luft im Zimmer?

Ich bäumte mich auf, doch ich kam nicht hoch.

Er lag auf mir. Er!

Und zwischen meinen Beinen passierte etwas. Es war eklig."

Was war eklig, frage ich.

„Alles."

Wie hat er es geschafft, dich festzuhalten und sich dabei auszuziehen?

„Ich weiß es nicht, es passierte und es war, als schaute ich dem Ganzen nur zu. Als würde ich unter der Decke in einer Ecke des Zimmers hängen und zusehen, wie er eine Frau nahm."

Diese Person in dem schäbigen Bett im Hinterzimmer des „Red Bird", diese Frau, die da vergewaltigt wurde, sie hatte nichts mehr mit Ela zu tun. Sie war vielleicht Elas Körper, aber nicht Ela. Den Körper konnte dieser Mann, den sie nie vorher gesehen hatte, missbrauchen. Aber nicht Ela.

„Er sah aus wie ein räudiger Köter."

Ein widerlicher Anblick und doch tat es Ela, die oben in der Zimmerecke schwebte, nicht weh, da sie nicht die da unten auf dem Bett war.

Zeit löste sich auf.

Raum löste sich auf.

Ein Gefühl blieb, ein Gefühl von Übelkeit, Erbrechen, Müdigkeit, Erstarren, Sterben, Totsein.

„Plötzlich war alles zu Ende. Ich hörte das Drehen eines Schlüssels, eine Tür knallte zu und es schien die des Zimmers zu sein. Langsam kam ich von der gegenüberliegenden Zimmerdecke herunter. Es war kalt und feucht, eklig feucht. Eine grobe, kratzende Zudecke lag neben mir, die stank, aber das war mir egal."

Ela nahm die Decke und verdeckte die Scham.

Dann starrte sie vor sich hin und sah Kugeln, in denen rollten andere, kleinere Kugeln. Alles rollte. Wo war ihre Kugel? Sie war verloren gegangen. Wer hatte sie genommen? Ohne ihre Kugel konnte sie nichts sehen, sie war blind. Auch egal, sie war sowieso tot.

Trotzdem rollten die Augen, die Kugelaugen. Oder waren es runde Löcher? Runde Löcher, die zu kugelrunden Lawinen führten. Metall blitzte in den Kugeln. Oben die Sonnenkugel, Ela wurde schwindlig und wieder kamen runde große Kugeln.

So vergingen Stunden oder Minuten oder Sekunden.

Ela schaute auf ihre Hand, die immer noch die Decke hielt. Sie bewegte sie – aha!

„Aha!", erzählt sie. „Ich war also noch da. Nachdem ich gedacht hatte: ‚Hand bewegen', spreizten sich meine Finger. Ich setzte mich auf und sah mir das fremde Zimmer an."

Dämmerte dir da, was noch kommen würde?

„Nein, nichts dämmerte. In mir gab es nur eins und das war Leere. Ich sah eine Tür zu einem Bad und ging dorthin."

Du konntest gehen?

„Verdammt, vielleicht bin ich gestolpert, gekrochen. Ich weiß es nicht. Kannst du dir das nicht vorstellen?"

Ja und nein, sage ich, ich will doch nur deine Geschichte verstehen. Ela ignoriert mich. Sie kann sich nicht um alles kümmern, und wenn ich nicht verstehen will, ist das mein Problem.

„Das Bad hatte eine Dusche und da stand ich dann drunter. Alles Shampoo, es war eine halbe Flasche, brauchte ich auf. Zog mich wieder an. Als ich zurück ins Zimmer trat, stand Dima drin. Ich sagte ihm, dass ich vergewaltigt worden sei und dass er den Chef holen solle. Der kam wenig später und zeigte sich empört."

Ela schüttelt den Kopf.

„Stell dir vor: Er meinte, ich hätte nur den Knopf am Bett drücken sollen, dann wäre jemand gekommen. Ich war so unter Schock, dass ich nur sagen konnte, dass ich das mit dem Knopf nicht wusste.

Sie versprachen mir, den Typen fertig zu machen, und sorgten sich um mich. Dima brachte mich nach Hause. Doch um zu seinem Auto zu kommen, musste ich durch die Bar – ohne Strümpfe! Ich war völlig aufgelöst, dass ich ohne Strümpfe gehen sollte. Verstehst du!"

Was Ela geschehen war, war zu unbegreiflich, um es auch nur zu artikulieren. Die Strümpfe hingegen, die waren real. Die fehlten, und ihre nackten Füße würden in den Kunstlederpumps bei jedem Schritt ein schmatzendes Geräusch von sich geben. Eine Katastrophe, die man benennen konnte.

Die Strümpfe wurden zum Symbol für das Unfassbare. Ohne Strümpfe. Peinlicheres konnte es nicht geben. Jeder würde wissen, dass sie vergewaltigt worden war. Hätte sie wenigstens noch Strümpfe dabeigehabt, könnte sie die Schande vertuschen. So aber war es unmöglich.

Ela ging mit nackten Beinen durch den „Red Bird" und ließ sich nach Hause fahren.

Drei Tage blieb sie dort.

Am ersten Tag kam Dima wieder vorbei. Mareks Kumpel. Ein Landsmann. Ehemaliger Tischler aus der Ukraine. Er sorgte sich, brachte Essen, fragte, wie es ginge, verabschiedete sich und kam nach vier Stunden mit einem Abendessen zurück.

Am Morgen des zweiten Tages war er da mit Brötchen, mittags Sojabohnen vom Chinesen. Am dritten Tag kam sogar Frank, der Chef, vorbei.

„Das Schwein hätten sie fertig gemacht, der habe gezahlt, erzählten sie. Ich höre das Lachen der beiden noch heute, das Lachen, während sie meinten, dass dieses Schwein seine Abreibung bekommen und gezahlt hätte."

Ela ahnte nicht, dass Frank längst ihr Zuhälter war. Dass er soeben das Finale einleitete, die Zielgerade.

„Frank reckte sich an meinem Kaffeetisch und sagte, es wäre nun an der Zeit, dass ich für ihn anschaffen ginge."

Ela schüttelt den Kopf, heftig.

„Kennst du das Gefühl, du bist irgendwo und denkst: Das ist wie im Film. So ging es mir."

Sie öffnet die dritte Dose Cola. Es zischt.

Und, was hast du im Film zu ihm gesagt?

„Wie bitte …"

Was du zu ihm gesagt hast.

„Wie bitte, habe ich gesagt. Ich konnte nicht glauben, was da passierte."

Warum ist sie nicht spätestens da weggerannt? Ich zweifle, rätsle, versuche, Elas Perspektive einzunehmen. Vielleicht ist sie nicht weggerannt, weil sie erstarrt war. Lebend und trotzdem tot.

Konnte es wahr sein, die guten Kumpels wurden soeben ihre Zuhälter?

Wohin hätte sie gehen sollen, ohne Pass, ohne Geld, ohne Sprache?

Sie ging mit Dima und Frank einkaufen: Wintersachen für Ela.

Was?

Irritiert frage ich nach. Habe ich das richtig verstanden, du bist mit ihnen einkaufen gegangen?

Sie drückt hektisch ihre Zigarette auf dem Rasen aus.

„Warum verstehst du mich nicht!", blafft sie mich an. „Ich hätte Kopf gestanden oder Schweinebraten gekocht oder hätte allen die Schuhe geputzt. Ich war nicht ich. Vor mir saßen zwei durchtrainierte Männer, die keinen Widerspruch duldeten. Ich wollte überleben, verdammt noch mal."

Sie sieht mich vernichtend an, nimmt eine neue Zigarette aus der Schachtel.

Sie ist müde. Und fragt sich, warum sie mir das alles erzählt. Ich verstehe doch nichts, unterstellt sie mir.

Ich erinnere mich an die Geschichte einer Mutter, die in vollem

Wissen, dass ihr Kind tot war, es ins Auto setzte und mit ihm eine Spritztour übers Land machte. Ich erinnere mich an einen Kollegen, der mir von einer Reportage im Golfkrieg erzählte, bei der irakische Soldaten ihn verhaftet hatten. Im Angesicht der Waffen, die sie ihm ins Gesicht hielten, dachte er: „Die sollen mich bloß nicht gleich erschießen, ich habe noch nie in meinem Leben eine Sonnenbrille getragen. So kann ich nicht sterben." Unter Schock denken und tun Menschen vieles, was später schwer nachvollziehbar erscheint.

Erkläre es mir, damit ich es mir vorstellen kann, sage ich.

„Niemand, der es nicht selbst erlebt hat, kann es sich vorstellen."

Wir schweigen.

Wir schauen auf die Welt um uns herum. Fern ist sie. Wir sind in einem von Elas unterirdischen Labyrinthen unterwegs, einer Geisterbahn. Es herrscht Nebel und Dämmerlicht, an den Ecken stehen Männer mit gezückten Messern und entsicherten Pistolen, Teufel als Amor verkleidet. Sie bieten uns exzellente Speisen an, die wir erbrechen. Kälteeinbrüche und Stürme wollen Ela ans Leben.

Um uns herum tun alle, als ob nichts geschehen wäre. Die Federballspieler im Tiergarten, die Gitarre spielenden Kiffer, der junge Dichter mit Panamahut am Teichufer und die freundliche Familie aus Kreuzberg beim Picknick. Alle genießen den Tag.

Wir schweigen immer noch.

Wie ging es weiter?

„Am Abend des dritten Tages kamen zwei Kumpels und haben mich abgeholt. Wir sind zusammen in die Bar gefahren."

Dein erster Abend als Nutte?

„Ja, mein erster Abend als Nutte. Ich hatte Glück, der Typ wollte nur reden. Davon gab es einige, auch einen Opi, um die 75 muss er gewesen sein, der erzählte und erzählte, und ich nickte, ohne auch nur ein Wort zu verstehen.

Es waren mehrere Mädchen da an diesem Abend.

Ich setzte mich auf einen Hocker an der Bar, so dass ich den Eingang im Blick hatte. Ich kannte keines der Mädchen. Erst nach einer Stunde bemerkte ich, dass sie anschafften. Da setzte ich mich weg von ihnen."

Dachtest du, du wärst anders, besser als sie?

„Ich weiß nicht mehr, was ich dachte. Ich ging rüber zur Sitzecke – der Sitzecke, die ich zusammen mit Marek gekauft hatte – und platzierte mich gleich neben einer mannshohen Palme. Ich glaubte wirklich, da sieht mich keiner."

Da saß sie, in der Bar, die sie angestrichen und eingerichtet hatte im Glauben an eine rosige Zukunft im Westen, und spielte Verstecken im Puff. Vielleicht hat Ela Recht. Vielleicht gehören solch absurde Momente zu denen, in die man sich auch mit viel Einfühlungsvermögen nicht hineinversetzen kann. Ich frage mich permanent, warum sie nicht sofort abgehauen ist.

„An diesem Abend hatte ich meine ersten Freier."

Wie war das?

„Ich konnte es langsam angehen. Da die ersten nur redeten, verdiente ich das Geld über den Alkohol. Ich hatte sie zu animieren, Teures zu trinken. Das lernte ich an diesem Abend. Während die Typen redeten, dachte ich die ganze Zeit nur: Wie soll ich das machen? Was wird von mir erwartet?"

Und wie ging es weiter in dieser Nacht?

„Ich weiß nicht mehr. Aber an eines der Mädchen erinnere ich mich. Die ging sechsmal nach hinten. Die fertigte Freier um Freier ab. Es war unglaublich. Die kam zurück, strich ihr Kleid glatt, trank einen

Schluck und machte sich an den nächsten ran. Sie kam mir vor wie ein Monster."

Eine andere redete mit Ela an jenem Abend. Tanja fragte, ob sie neu sei. Ela bejahte und fragte: „Wie soll ich das nur machen?" Tanja blieb nüchtern und gab ihr die wichtigste Regel mit auf den Weg: „Sei immer nett!"

„Tanja war freiwillig in der Bar, das schockierte mich noch mehr", erzählt Ela. „Sie hatte ein Kind in Polen und keine Chance dort. Also fuhr sie nach Deutschland anschaffen."

Tanja war warmherzig und mutig, später wurde sie zu Elas Komplizin.

„Ich hatte nur noch diesen Satz im Kopf: ‚Du musst nett sein.' Um mich herum wurde Sekt getrunken, gelacht, geredet. Wie durch Lautsprecher hörte ich eine hysterisch kreischende Stimme: ‚Sei nett!' Wieder und wieder, Männerstimmen, Kinderstimmen, Frauenstimmen – alle sagten: ‚Sei nett!'"

Während sie erzählt, werden Elas Augen glasig.

Ihr Köper schüttelt sich, ihre Hände schlingen sich um ihre Arme.

Dann laufen sie, mit einem Mal. All diese angestauten Tränen.

Die Tränen, die sie damals nicht weinte, und die, die sie danach nicht weinte, und die, die sie deswegen nie mehr weinte. Stumme Tränen. Sie wischt sie sich von der Wange, schaut auf ihre feuchten Hände.

Damals, in der Bar, an ihrem ersten Abend als Nutte, da versuchte sie am Ende doch, den Irrsinn zu beenden: Ela wurde zum ersten Mal in ihrem Leben richtig wütend. Sie stürmte zur Tür, ohne Mantel, ohne Tasche. Stieß sie auf und marschierte los.

Keine zwei Sekunden und sie hörte Dimas Schritte hinter sich.

NETT, hallte es in ihren Ohren, bei jedem Schritt, den sie machte.

Sie begann zu laufen. Ihr Plus raste, ihr Herz schlug im Trommelwirbel, der letzte Champagner stieg ihr in den Mund zurück. Ela spuckte, verschluckte sich, wurde noch wütender. Da, wo sonst der Magen, die Milz und die Lunge wohnen, da kochte die Wut und ließ sie würgen. Galle stieg empor, bittere, saure Galle, sie spuckte, und während sie sich spucken hörte, wurde ihr Hass zum Bild.

„Ich wollte eine Knarre nehmen und alle fertig machen. Kein Mitleid. Sie sollten vor mir knien und ihren Gnadenschuss entgegennehmen. Ich wollte ihr angstvolles Zittern sehen, ja spüren. Welcher Genuss, diese Bestien für immer vernichtet zu wissen. Ich wollte die ganze Bar dem Erdboden gleichmachen."

Ela rannte und würgte, aber wieder kam nur Galle aus ihr heraus.

Dima nahm sie bei den Schultern: „Alles in Ordnung?"

Was sollte sie sagen? Dem Landsmann, der eben noch Kumpel war und nun plötzlich ihr Aufpasser, ihre laufende Fußfessel?

„Ich sagte: ,Bring mich nach Hause.' Das war's also, mein erster Abend als Nutte."

Noch immer laufen die Tränen über Elas Gesicht und sie wischt sie weg, so selbstverständlich, wie andere sich schnäuzen. Fast lächelt sie. Weinen ist beruhigend, weinen macht müde, weinen tröstet.

Wir brechen auf. Kein Blick mehr für Berlins schönsten Park, kein Blick mehr für die aufregende Welt um uns herum. Keine Fragen mehr.

Im Bordell

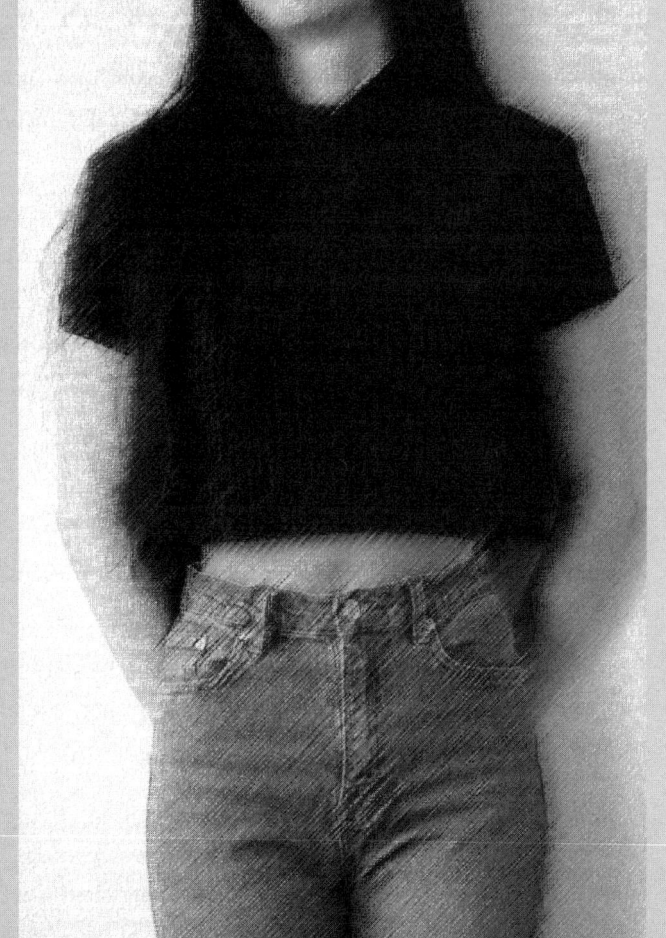

Bostorf – Berlin, Berlin – Bostorf; daraus setzt sich Elas Deutschland zusammen.

Wie wäre es mit Hamburg?, frage ich und sie ist begeistert. Eine Hafenstadt, wie ihre Heimatstadt!

Ela hat schon oft gehört, dass Hamburg schöner als Berlin sein soll. Endlich wieder Seeluft. „Hat Hamburg einen großen Hafen?" Ja, in Hamburg wirst du dich erholen.

Zuerst müssen wir in der Ausländerbehörde einen Antrag auf Ausreise aus Berlin und Einreise in Hamburg stellen. Elas Duldung erlaubt lediglich, dass sie sich in Berlin aufhält. Jeden Ausflug muss sie sich genehmigen lassen. Die Beamten sind ihr wohlgesinnt, sie erhält die Erlaubnis zu reisen. Ela strahlt. Nach vier Jahren das erste Mal raus aus der Stadt! Das muss gefeiert werden.

Da Ela kaum für sich selbst kocht, habe ich für diesen Abend ein Menü vorbereitet. Zuerst einen Salatteller mit Tomaten, Mozzarella und viel Basilikum, angesetzt mit feinstem Öl, das bei einer Chefkoch-Pressekonferenz an alle Journalisten der Stadt verteilt wurde und so den Weg in meine Küche fand. Ela glaubt nicht, dass 20 Milliliter Speiseöl 25 Euro kosten können.

Doch wirklich, schmeckst du das nicht?

„Davon kann ich eine halbe Woche leben."

Zweiter Gang: Spaghetti mit Sauce Bolognese, Parmesankäse, alles frisch. Ela hat schon lange nichts Gutes mehr gegessen.

Es wird spät, Berlins U-Bahn fährt nicht mehr. Morgen brechen wir in aller Frühe auf. Ela übernachtet im Gästezimmer. Ich falle gegen Mitternacht ins Bett, während es für sie noch zu früh ist. Sie übernimmt den Abwasch und verschwindet dann im Bad, um ihre langen, dunklen Haare aufwendig in Locken zu legen.

Um fünf klingelt der Wecker. Die Tür zum Gästezimmer quietscht, Ela ist schon wach. Ich begegne ihr im Flur.

„Morgen."

Ein eisiger Wind weht im warmen Korridor. Ela, Unmengen von Lockenwicklern im Haar, saust an mir vorbei.

Sie ist nervös. Absolut nervös.

„Meine Haare sind noch feucht, außerdem hat die neue Kaltwelle die Haare verklebt", erklärt sie mir.

Und?

„Was schon!"

Klarer Fall: Sie kann nicht mitfahren.

Ich schüttle benommen den Kopf. So wach bin ich noch nicht und weigere mich auch, es zu sein. Erst einmal eine Dusche, dann Kaffee und dann noch einmal von vorn.

Ela zieht hektisch an ihrer Morgenzigarette. So, wie sie aussieht, und überhaupt: „Ich möchte nicht mitfahren."

Ich akzeptiere das nicht. Du fährst mit, und wenn du im Auto sitzen bleibst. Ob du nun in Berlin herumhängst oder in Hamburg, ist auch egal.

„Muss das sein?", fragt sie mich.

Ja.

Wir steigen ins Auto, fahren durch die dunkle Stadt auf die Autobahn und bei Birkenwerder haben wir einen schönen Sonnenaufgang.

„Guck mal. Ein Storch!" Sie greift nach ihren Paprikachips, schaut aus dem Fenster und knabbert laut in den Morgen hinein.

Ich habe zwei Termine in Hamburg: am Hafen und direkt im Stadtzentrum.

Beide Male erkläre ich Ela, wie sie zu den Sehenswürdigkeiten kommt. Beide Male steigt sie nicht aus dem Auto.

Es ist ein schöner, sonniger Sommertag. Ich bin insgesamt sechs Stunden weg. Ela sitzt in einem alten, kleinen Opel mitten in Hamburg und macht keinen Schritt hinaus.

Am Nachmittag schlage ich vor, dass wir zusammen am Jungfernstieg bummeln. Sie ist einverstanden und, in der Tat, sie steigt aus. Rathausplatz, Jungfernstieg, Kolonnaden, Passagen. Waffeleis, Cappuccino und schöne Menschen. Ela weicht nicht von meiner Seite. Einmal bleibt sie an einem Kiosk stehen und kauft eine Postkarte von der Fontäne auf der Innenalster. Gegen sechs brechen wir auf, drei Stunden Autobahn liegen vor uns. Zeit, um zu reden.

Als dir klar wurde, dass sie es mit dem Anschaffen ernst meinten, hättest du da nicht einfach verschwinden können? Du lebtest doch in einer eigenen Wohnung?

„Ja, das hätte ich vielleicht tun können, wenn mir meine Situation eher bewusst geworden wäre. Aber nachdem ich zum ersten Mal anschaffen war, klingelte es am nächsten Morgen an meiner Tür. Vier Kumpels kamen herein, so, als würde die Wohnung ihnen gehören, und sie forderten mich auf, die wichtigsten Sachen zusammenzupacken."

Elas Erinnerungen wehren sich nicht mehr, sie drängen ans Licht.

„Ich weiß noch, wie meine Zigarette im Aschenbecher qualmte", erzählt sie, „wie der Fernseher lief und eine aufgeschlagene Modezeitung auf dem Sofa lag. Dessousmode. Es war mir peinlich, dass die Fotos dalagen und für die Männer zu sehen waren.

Niemand drohte mir. Einer machte die Zigarette aus, Dima drückte den Off-Knopf der Fernbedienung. Der Bildschirm wurde dunkel.

Der dritte Kumpel hatte sich breitbeinig im Korridor aufgebaut, der vierte an der Tür. Ich stand da, im rosa Hauskleid, die Haare zum Zopf gebunden. Mir brauchte keiner zu drohen. Ich verstand, dass ich den Befehlenden zu gehorchen hatte."

Ela packte ihre Sachen zusammen.

„Ich dachte: Wenn doch nur Marek da wäre! Ich nahm Strümpfe, T-Shirts, Hosen, Kleider und Unterwäsche heraus, legte sie zusammen und stopfte alles in einen Rucksack, eine Reisetasche und viele Plastiktüten. Ich zog mich um, schminkte mich und sammelte im Bad meine Kosmetik zusammen."

Du hast dich noch geschminkt?

„Klar, du kennst mich doch. Aber dann war ich fertig."

Die Kumpels verstauten alles im Auto.

„Dima bewegte sich, wie schon am Vortag, immer in meiner Nähe. Ich bekam ein Zimmer direkt über der Bar. Ich sah mich um und entdeckte: Vier Zimmer, zwei Bäder, eine Küche."

Ela erinnert sich sehr genau an diese erste Szene in ihrem Leben danach.

„Die Monsterfrau, die am Vortag so fleißig angeschafft hatte, saß mit Tanja zusammen in der Küche. Beide hatten Handtücher zum Turban gedreht, vor ihnen standen Kaffeetassen.

‚Hallo!'

‚Hi, Kaffee?'

‚Ja.'

‚Zucker?'

‚Ja.'

‚Sie ist neu', sagte Tanja zum Monster.

‚Hm.' Das Monster sah mich nicht an, fragte nur: ‚Zigarette?'

Ich war aufgeregt und hatte seit dem Mittag des Vortages nichts mehr gegessen. Ich nahm die Zigarette, zündete sie an und fühlte die Dröhnung – mir wurde leicht schummrig, sehr angenehm.

Die beiden redeten weiter über die verschiedenen Sorten Henna-Haartönungen, die sie kannten. Kein Henna sei so gut wie das ägyptische, einigten sie sich.

Ich dachte mir: Irgendwie wird es schon weitergehen.

Fünf Tage nach der Vergewaltigung hatte ich also ein neues Heim bekommen."

Das Schicksal schenkte ihr eine neue Familie von Zuhältern, Bodyguards und Konkurrentinnen. Ela war angekommen in der Welt der verschlossenen Türen, der undurchschaubaren Deals, des endlosen Nerventerrors. Angekommen in einem Paralleluniversum, das es für sie bis dahin allenfalls im Kino gegeben hatte.

Am Tag fünf nach der Vergewaltigung, am Tag zwei in der Prostitution, hatte Ela zwei Freier. 100 Euro verdiente der Chef an ihr. In seinen Augen wohl ein passabler Anfang. Dass er im Jahr sieben nach der Vergewaltigung eine Vorladung zum Landgericht in den Händen halten würde, hatte er wohl nicht gedacht.

Musstet ihr in den Zimmern, in denen ihr wohntet, auch anschaffen?

„Nein, das fand alles unten in der Bar statt."

Bist du oft geschlagen geworden?

„Nein. Es gab zwei kleine Zusammenstöße. Einmal ging ich durch die hinteren Zimmer der Bar, als sie gerade einen Koksdeal machten. Nichts Großes, Bodyguards halt, die dealten. Doch als ich vorbei war, sprang einer auf, verdrehte mir die Arme, packte mich von hinten an den Schultern und trat mir so fest ins Kreuz, dass ich nach vorn flog und mit dem Kopf an die Wand schlug.

‚Du hast nichts gesehen', sagte er. Ich wusste damals nicht einmal, was Koks ist!"

Ela greift zur Schachtel. „Auch eine?"

Nein, danke.

„Das zweite Mal war schlimmer", fährt sie fort. „Ich sollte zwei Freier auf einmal bedienen und – guck mich an. Das schaffe ich nicht. Das schaffe ich körperlich nicht. Außerdem fand ich es furchtbar eklig."

Hättest du dann doppelt verdient?

„Ich habe doch sowieso nichts von dem Geld gesehen."

Sie haben dir nie Bargeld gegeben?

„Nein, nur einmal.

Ich weigerte mich also, mit Zweien nach hinten zu gehen. Daraufhin schlossen sie mich in ein Zimmer ein und gaben mir Bedenkzeit. Einer der Bodyguards, so ein richtiges Schwein war das, der nahm mich am Handgelenk, zog mich nach hinten, stieß mich ins Zimmer, holte aus und schlug mir mit dem Handrücken direkt ins Gesicht. Dann verschwand er und schloss ab. Nach einer halben Stunde kam er wieder, mit einem Schlagstock in der Rechten, den schlug er genüsslich in seine linke Hand. Ich sprach immer noch mein Nuttendeutsch, verstand also kein Wort von seinem Palaver. So stand er da; ein paar Minuten. Dann kam er auf mich zu, ganz dicht an mein Gesicht heran und blieb stehen, ging zurück, kam wieder ran, ging zurück. Das ging eine Weile hin und her, bis er genug von seinem Spiel hatte. Er ging raus und schloss wieder ab.

Ich hatte eine Heidenangst. Er kam viermal. Dann holte mich Dima aus dem Zimmer."

Stille im Auto.

Ob Ela gerade klar ist, was da gespielt wurde? Zuckerbrot und Peitsche sind ein beliebtes psychologisches Druckmittel in der Zwangsprostitution. Die Einschüchterungsrituale sind perfekt eingefädelt: Die einen prügeln, die anderen ‚retten'. In ihrer Not glauben die

Mädchen an ihre ‚Beschützer‘, auch wenn sie wissen, dass alle zu einem Team gehören, selbst wenn ihrem eigenen Aufpasser mal die Hand ausrutscht. Sie brauchen so sehr einen Verbündeten und leben gleichzeitig in ständiger Angst. Ein weiterer Schritt der Destabilisierung, den die Mädchen nicht durchschauen und dem sie sich nicht entziehen können.

Auch Jahre später nicht. „Die Macht der Bodyguards war beeindruckend“, erklärt Ela. „Die Kanone steckte bei allen hinten oder vorn links in den Jeans. Die sahen echt cool aus. Sie trugen Bomberjacken, enge T-Shirts und fuhren gute Wagen – nur BMW und Mercedes.“

Elas Angst ist lebendiger, stärker als ihr Vertrauen. Sie ist das Bild des Beschützers noch lange nicht los. Das Perfide an dieser Grenzerfahrung des Ausgeliefertseins ist: Schutz ist immer gekoppelt an Gewalt. Vertrauen ist immer verbunden mit Verrat. So wird das Leben unberechenbar, regiert Willkür und Ohnmacht den Alltag.

„Es gab oft Ärger mit den Bodyguards und Dima ist einmal ausgerastet und hat in der Bar herumgeschossen, aber niemanden getötet. Er ist dann gefeuert worden. Er war sowieso ein Schwein.“

Ich staune über so viel Widersprüchlichkeit.

Wieso? Er war doch cool, außerdem nett zu dir.

„Der war nicht nett! Einmal wollte er mich vergewaltigen. Wir waren zu ihm gefahren, um etwas zu essen.“

Ich denke, du warst eingesperrt in der Wohnung über der Bar?

„Mensch, das war nicht wie im Knast! Wir durften raus, aber nur mit Genehmigung und es musste immer ein Bodyguard dabei sein.

Die Männer langweilten sich oft. Was hatten sie schon zu tun? Auf uns aufpassen, das war es. Sie gingen fast täglich ins Fitnesscenter oder joggen, mehr nicht. Also schlugen sie uns oft vor, etwas gemeinsam zu machen. Wir waren für jede Abwechslung dankbar."

Dann war es wirklich ein bisschen wie eine große Familie?

„Auf die ich hätte verzichten können! Aber du hast Recht, so ungefähr war's."

Was war mit Dima?

„Der Cousin des Chefs war zum Chinesen gefahren, um Essen zu holen. Dima und ich warteten in seiner Wohnung. Es dauerte Ewigkeiten und er war an diesem Tag schlechter Laune.

Ich holte mir einen Aschenbecher aus der Küche. Da stand er plötzlich auf und kam mir hinterher, riss meine Haare nach hinten und zog mich aus der Küche: ,Na, Eli, mach mir mal schnell eine Nummer.' Ich schlug nach hinten und schrie: ,Lass das!' Ich fühlte mich sicher, denn ich hatte gelernt: Ein Bodyguard musste zahlen, wenn er ein Mädchen wollte, nur der Besitzer durfte kostenlos.

Er zog meine Haare noch fester und warf mich auf das Sofa, riss meine Bluse auf und schrie: ,Du Nutte, ich nehme, was mir zusteht, und du bist Dreck, ein Haufen Scheiße. Beine breit!'

Ich wehrte mich, so gut ich konnte. Zum Glück kam der Cousin vom Chef rechtzeitig mit dem Essen. Danach gab es viel Ärger."

Nur der Besitzer durfte? Wusstest du denn damals, wer dein Besitzer war?

„Ja, irgendwann hatte selbst ich das verstanden." Elas zynischer Unterton ist nicht zu überhören. „Zuerst war Marek mein Besitzer, und nachdem er mich verkauft hatte, gehörte ich Frank, dem Chef der Bar."

Und seinem Cousin?

„Nein, der durfte auch nicht."

Klare Regeln. Gab es die auch unter euch Frauen?

„Du meinst die Mädchen? Nein, gab es nicht, aber wir hatten auch nicht viel miteinander zu tun."

Habt ihr euch nicht geholfen, wart ihr nicht befreundet untereinander?

„Nein, da machte jede ihr Ding."

Selbst Tanja?

Sie hat mir einmal geholfen abzuhauen, aber das war alles.

Tanja kam eines Morgens mit einem blauen Auge aus ihrem Zimmer und blaugrünen Streifen an den Armen und Beinen. Ich habe sie gefragt, was passiert sei, aber sie hat keinen Ton gesagt.

Solche Vorfälle waren für uns Alltag, das passierte eben und jede war froh, dass sie nicht selbst dran war. Keine von uns wollte wirklich wissen, was passierte. Was hätte das geändert? Nichts!

Wir bekamen nach ein paar Wochen noch so ein Engelchen dazu. Blond, 17 oder 18 wird sie gewesen sein. Ein Unschuldsgesicht und so hübsch. Bevor ich abgehauen bin, fragte ich sie, ob sie mitkommen will. Sie wollte nicht, sie war völlig verängstigt."

Warum wolltest du sie mitnehmen? Sie hätte dich auch verraten können.

„Sicher. Aber sie war so jung, chancenlos und sie tat mir Leid. Vielleicht sah ich mich auch selbst in ihr. Irgendwann war sie dann weg, keine Ahnung wohin."

Passierte es oft, dass jemand einfach so verschwand?

„Nein, aber es kam vor und Fragen durften nicht gestellt werden. Das Monster verschwand ein paar Tage, tauchte wieder auf. Bei ihr war es ein hin und her. Sie hat mir nach ein paar Wochen ihre Geschichte erzählt, aber ich habe ihr damals nicht geglaubt."

Warum?

„Weil sie es erzählte, als würde es sie nicht betreffen."

Nun, das tust du doch auch, sage ich. Das ist doch logisch. Ich weiß nicht, ob man so was überhaupt erzählen kann, wenn man sich dabei nicht ein wenig von sich selbst entfremdet.

„Ja, aber damals wusste ich das nicht."

Weißt du es jetzt?

„Hm", bejaht Ela, als würde sie mir nicht zuhören.

Noch 120 Kilometer bis Berlin. Wir müssen tanken.

Die Luft steht, wir brauchen eine Fahr- und Redepause. An der nächsten Tankstelle fahre ich ab.

„Wo sind wir!", ruft Ela erschrocken.

Ihre Stimmung ändert sich schlagartig, das Eis, das mir entgegenschlägt, ist kühlschrankfrisch.

Nur eine Tankstelle, wir fahren gleich weiter, beruhige ich sie.

Elas Misstrauen sitzt tief.

Komm wir machen eine Pause, sage ich.

Das Autobahn-Restaurant ist fast leer, nur in der Ecke ein Paar beim Kaffee.

Wir holen uns Currywurst und Tee.

Warum bist du nicht ausgestiegen in Hamburg?

„Ich weiß nicht. Ich wollte einfach nicht."

Glaubst du, beim nächsten Mal aussteigen zu können?

„Ich würde es versuchen, nimmst du mich noch mal mit?"

Klar, wenn du Lust hast.

Ela nickt. „Hamburg ist wunderschön. Ich habe die See gerochen, wie zu Hause."

Dass du nicht ausgestiegen bist, ist krank, weißt du das?

„Ja, wahrscheinlich."

Ich bin da, wenn du mich brauchst.

„Hm."

Ihre ‚Hms' ärgern mich. Sie heißen so viel wie: Lass mich in Ruhe.
Sie sind immer die Einleitung des Ausklinkens aus einem Gespräch.
Ich spüre, dass sie es weder willentlich noch selbstbestimmt tut.
Gerade das ärgert mich. Dieses Ausklinken kommt einfach und mit
ihm entschwindet Ela hinter einer unzerbrechlichen Eisschicht.
Dort kann ich sie sehen, aber nicht mehr fühlen. Meine Worte und
Gesten dringen nicht durch. Das macht sie mindestens so hilflos wie
mich.

Eben dieses Ausklinken, diese Kunst, anwesend abwesend sein zu
können, hilft Menschen, die Grausames erlebten, zu überleben. Was
in der eigenen Biografie nicht erkannt wird, bleibt ausgeblendet. Bis
diese schwarzen Löcher der Seele die Erinnerungen völlig verdun-
keln. Bis sie scheinbar nicht mehr da sind. Doch sie sind nur versteckt
im Labyrinth der Gefühle und Gedanken. Ein hohes Handicap beim
Aufbau neuer Beziehungen.

Ich weiß, dass es für Menschen wie Ela Therapien gibt, und ich weiß
auch, dass Ela keine will. Stolz besteht sie darauf, mit allem selbst
fertig zu werden, keine Hilfe annehmen zu müssen, klüger zu sein
als die anderen und vor allem auch stärker.

Fahren wir, schlage ich vor.

Die letzten hundert Kilometer durch sternenklare Nacht.

Vollkommen geschafft kommen wir vor der Kirche an. Gute Nacht,
sage ich.

„Mhm", antwortet Ela und steigt aus.

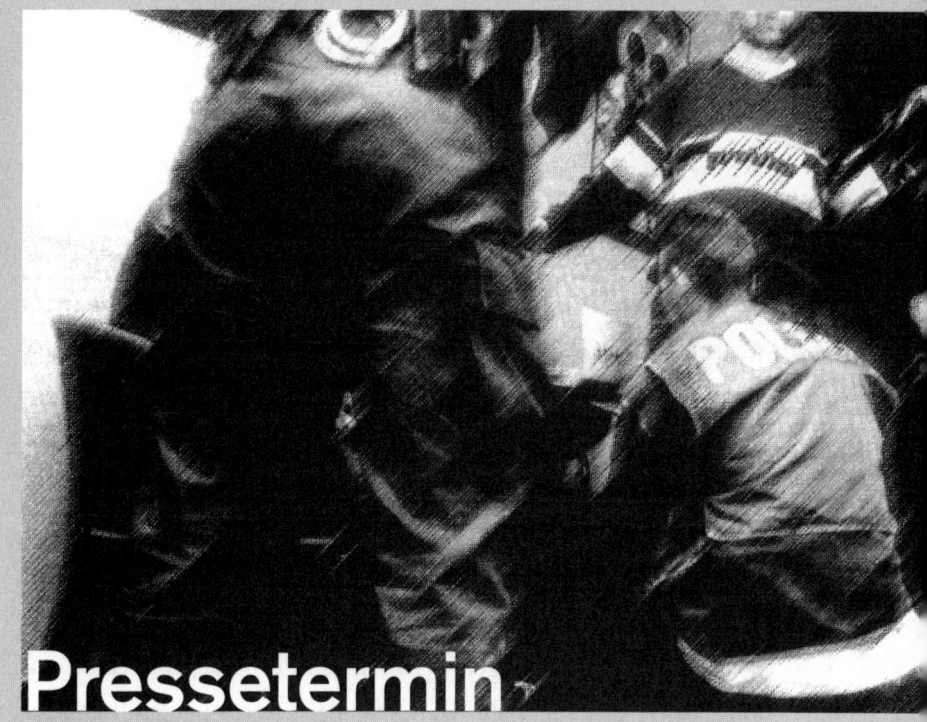

Pressetermin beim Landeskriminalamt Berlin

Pressetermin mit dem LKA Berlin.

Es geht um den Anstieg der Zwangsprostitution in Europa.

Frage: Von wie vielen Zwangsprostituierten gehen Sie deutschlandweit aus?

Antwort: Nach Zahlen des Bundeskriminalamts gelangen jährlich etwa 30 000 Mädchen im Alter von 18 bis 25 Jahren durch Frauenhandel nach Deutschland. 88 Prozent dieser Frauen stammen inzwischen aus Osteuropa. Berlin ist zur Drehscheibe dieser Form des Menschenhandels geworden.

Frage: Laut *New York Times* sollen in den 1990er Jahren rund 400 000 Ukrainerinnen unter dreißig Jahren nach Westeuropa gekommen sein. Vorsichtigen Schätzungen der EU Kommission zufolge belief sich die Zahl der Opfer des Frauenhandels 1998 auf 500 000, was ein Ansteigen um 80 Prozent in den letzten zehn Jahren bedeutet. Das deutsche Innenministerium rechnet bei Menschenhandel, wobei Zwangsprostitution nur ein Geschäftszweig ist, mit einem jährlichen Umsatz von ca. 60 Milliarden Euro allein in der BRD.

Menschenhandel hat der Drogen- und Waffenschieberei finanziell den Rang abgelaufen. Wie erklären sie sich das?

Antwort: Seit dem Fall des „Eisernen Vorhangs" im Jahr 1989 gibt es in der Tat eine völlig neue Dimension des Frauenhandels. Die Mädchen kommen überwiegend aus Rumänien, dem Baltikum, Bulgarien und der GUS, und Sie können davon ausgehen, dass der west- und nordeuropäische Markt noch lange nicht gesättigt ist.

In allen östlichen Ländern liegt das, was Frauen im Durchschnitt verdienen, weit unter dem Existenzminimum. So suchen viele von ihnen ihr Glück im „Goldenen Westen" und landen, geplant oder zufällig, in der Prostitution.

Frage: Wie funktioniert das Geschäft, wie holen die Menschenhändler junge Mädchen nach Westeuropa?

Antwort: Die Spielarten sind vielschichtig. Die fünf gängigsten Varianten sind:

1. Frauen, die sich willentlich für die Prostitution entscheiden, aber über die Arbeitsbedingungen (Schulden, Zwang, Freiheitsberaubung) getäuscht werden.

2. Frauen, die sich willentlich für die Arbeit in einem Bordell entscheiden und tatsächlich viele Freiheiten genießen.

3. Frauen, die sich wissentlich in die Hände von Menschenhändlern begeben, da sie keinen anderen Ausweg aus ihrer misslichen Lage sehen.

4. Frauen, denen in Aussicht gestellt wird, dass sie als Stripperinnen, Gogotänzerinnen auftreten werden, und die nicht wissen, dass von ihnen zusätzlich Prostitution verlangt werden wird. Diesen Frauen wird meist gleich der Pass abgenommen.

5. Frauen, denen ein Arbeitsplatz als Au-Pair-Mädchen, Reinigungskraft, Verkäuferin, Pflege- oder Krankenschwester vorgetäuscht wird und die zur Prostitution gezwungen werden. Auch ihnen wird meist sofort der Pass abgenommen.

Frage: Zwangsprostitution fällt unter schweren Menschenhandel. Gilt das auch für die Frauen, die freiwillig herkommen?

Antwort: Meistens, denn der Großteil der Mädchen wird unter Vorspiegelung falscher Tatsachen angelockt, dann unter Druck gesetzt und in eine endlose Abhängigkeitsspirale verwickelt. In den meisten Fällen arbeiten sie vereinzelt, in kleineren Ortschaften und haben nicht die Anonymität der Großstadt, die ein Ausbrechen erleichtert. Die Besitzer verlangen zudem, dass die Mädchen alles Geld für ihre Reise zurückzahlen müssten, und drohen, dass, wenn sie ihre Pflichten nicht erfüllten, die Familie daheim zu Schaden kommen werde. Sie drohen mit Anzeigen bei der deutschen Polizei.

Frage: Auf welcher Grundlage könnten denn Zuhälter die Mädchen bei der Polizei anzeigen?

Antwort: Alle Frauen, die mit einem Touristenvisum einreisen, dürfen ohne entsprechende Erlaubnispapiere keiner Erwerbstätigkeit nachgehen. Erwischt man sie, dann kommen sie in Abschiebegewahrsam und werden in ihre Heimatländer verbracht.

Diese Schutzlosigkeit der Opfer ist der beste Täterschutz, den man sich vorstellen kann. Und die Frauen haben damit gleich zwei übermächtige „Feinde": Ihre Besitzer, Aufpasser, Zuhälter, oder wie immer man sie nennen will, und den Staat, in dem sie sich aufhalten.

Das führt zur einer extremen emotionalen Verunsicherung und zur Bereitschaft, nahezu alles zu ertragen. Es bindet die Mädchen an ihre Besitzer.

Frage: Was sind andere Druckmittel der Täter, wie geht die von Ihnen erwähnte Abhängigkeitsspirale weiter?

Antwort: Erst einmal müssen die Mädchen die Reisekosten und alles Dazugehörige wie Geld für Einladungen, neue Klamotten, Essen und angebliches Bestechungsgeld zurückerstatten. Wenn sie Glück haben und der Besitzer fair rechnet, bewegt sich diese Summe zwischen 1500 und 3000 Euro.

Der Verdienst wird dann in der Regel folgendermaßen geteilt: 70 Prozent für das Mädchen und 30 Prozent für den Bordellbesitzer. Dann werden Wäschegeld, Mietgeld, Benzingeld, Essensgeld, Telefongeld, Inseratgeld abgerechnet. Die Mädchen, die zusätzlich einen Zuhälter haben, werden anschließend auch noch von ihm abkassiert. Bei Nichterscheinen müssen die Fehltage bezahlt werden, da gibt es eine Art Strafregister, und da manche während der Menstruation nicht anschaffen, müssen sie für diese Tage Ausfallsummen bezahlen. Im Grunde ist dies alles eine moderne Form der Zinsknechtschaft.

Den Tätern kommt dabei zugute, dass viele der Frauen darin nicht einmal ein Unrecht sehen, sondern dieses System als Bedingung akzeptieren. Ein Indiz dafür, dass sie sich über ihre Situation nicht im Geringsten im Klaren sind.

Frage: Werden die Frauen nicht auch mit Drogen und Gewalt gefügig gemacht?

Antwort: Immer weniger. Um die unter falschen Versprechungen angelockten Mädchen dazu zu bringen, tatsächlich als Prostituierte zu arbeiten, setzen die Zuhälter vor allem die beschriebenen emotionalen Druckmittel ein. Körperliche Gewalt wird heute weniger angewandt als früher, auch Drogen spielen kaum eine Rolle. Letzteres gilt insbesondere bei osteuropäischen Frauen, da es in ihren Ländern die hier gängigen Drogen wie Kokain, Ecstasy oder Hasch kaum gibt. Die einzig häufig benutzte Droge bei Osteuropäerinnen ist Alkohol.

Frage: Wie und wo arbeiten die eingeschleusten Mädchen dann?

Antwort: Es gibt die typischen Bordelle – kleine Bars, Absteigen oder Pensionen.

In ländlichen Gegenden leben die Mädchen dort auch. Es ist dann so, dass die Gäste, wenn sie kommen, sich ein Mädchen aussuchen, zahlen und mit ihr in das für sie vorgesehene Zimmer gehen. Manchmal leben die Mädchen auch alle zusammen auf einer Etage und gearbeitet wird auf einer anderen.

Eine weitere Variante ist der Bereich des Haus- und Hotel-Besuchs. Auch hier leben die Mädchen zusammen. In der Regel gibt es einen Aufpasser, einen Telefonisten und einen Fahrer. Die Mädchen werden von den Wohnungen zu den Freiern gebracht und auch wieder abgeholt. Auf der Straße arbeiten nur wenige. Wenn sie es tun, müssen sie eine Standgebühr von rund 65 Euro bezahlen.

Frage: Das klingt ja richtig geregelt und ordentlich.

Antwort: Ja, es gibt klar definierte milieutypische Spielregeln. Die werden den Mädchen erklärt, sie werden in die Pflicht genommen. Dann kommen die schon bekannten Faktoren der psychischen Abhängigkeit dazu und das wirkt wie eine elektronische Fußfessel. Die Mädchen trauen sich nicht auszubrechen. Dieses Netz der Ängste ist so feinmaschig und fest gewebt, dass die wenigsten einen Weg herausfinden.

Frage: Wie viele Mädchen sind im Jahr 2000 aus der Zwangsprostitution oder ähnlichen Abhängigkeitsverhältnissen ausgebrochen?

Antwort: Bundesweit wurden laut Innenministerium im Jahr 2000 insgesamt 321 Verfahren wegen Menschenhandels eingeleitet, bei denen 921 Opfer notiert wurden, überwiegend Frauen aus Mittel- und Osteuropa.

Um die betroffenen Mädchen zu Zeugenaussagen zu bekommen, muss nicht nur ihre Angst aus dem Weg geräumt werden, sondern auch ihre Hoffnungslosigkeit.

Die Flucht

Ich hoffe, dass jede Möglichkeit, Neues zu entdecken, Ela Lebensmut gibt. So fahren wir in das romantische München. Sie scheint fasziniert vom Flair der Gassen, Kirchen, Geschäfte. Die Gelassenheit und Selbstzufriedenheit, mit der die Münchener durch ihre Stadt schlendern, bilden neue Mosaiksteine in Elas Deutschlandbild. Sie ist Berlins Hektik gewohnt, einen Moloch, der alles zu verschlingen droht. München scheint im Vergleich wie eine Bilderbuchstadt zu sein, mit schönen Möbeln, netten Menschen und üppiger Architektur.

Wir wohnen bei einem Freund, der uns seine große Wohnung direkt am Marienplatz überlässt. Raus aus dem piefigen, miefigen Zimmer des Kirchenasyls, rein in einen Luxus von über 100 Quadratmetern fußbodenbeheizten Parketts. Zwei Bäder, eine großzügige Küche, ein delikat gefüllter Kühlschrank. Wir stehen in einem lichtdurchfluteten Wohnzimmer mit weicher Nappaleder-Garnitur, Fernseher und silberner Chipsschale auf dem Couchtisch.

Vom Balkon aus gesehen liegt uns München zu Füßen. Wir legen Elas Lieblings-CD ein, mal wieder Ramazottis *Amore*, und genießen so viele gute Dinge auf einmal, dass wir bald müde werden und zu Bett gehen.

Jede neue Umgebung muss von Ela langsam und mit viel Anstrengung erobert werden. Sie vertraut mir inzwischen, aber, vielleicht.

Dieses Vielleicht ist eine uns ständig begleitende Gewitterwolke.

Morgenkaffee in der Küche, sie schaut um die Ecke und ist beruhigt, dass wir immer noch allein sind.

Ausgiebig frühstückt sie ihre Zigarette und eine Tasse Kaffee.

„Heute möchte ich noch nicht hinausgehen, lieber morgen", sagt sie. Wir werden nur vier Tage da sein, das Wetter ist gut, lass uns wenigstens die Straßen um das Haus herum erkunden, sage ich. Eine Stunde später schlendern wir an den Ständen des Viktualienmarkts vorbei.

Wie immer ist Ela perfekt angezogen. Ihr langes Haar wellt sich über die perlmuttfarbene Jacke, die ihre Hüften betont. Die Schuhe passen exakt zum warmen Braunton der Hose. Dezent geschminkt, elegant die Sonnenbrille ins Haar gesteckt geht sie mit verschränkten Armen über den Platz. Sie ist begeistert. Langsam erhebt sich die Sonne über den Dächern und es scheint ein Tag wie aus einem Heimatfilm.

Keine neuen Sorgen, keine Gefahr, einfach nur Sein. Sie kennt das nicht, deshalb bleiben die Arme verschränkt, ihre Blicke argwöhnisch und die Atmung flach. Ich gehe neben ihr, sage etwas über München. Sie nickt höflich. Ich bin mir sicher, dass sie mir nicht zuhört, doch was soll's, ich bin einfach da und rede weiter. Nach einer Stunde löst sich ihre Verschränkung langsam. Wir spazieren an der Residenz vorbei, die Theatinerstraße hoch, bis wir wieder am Marienplatz sind.

Am zweiten Tag ist Ela angespannt und will nicht raus.

Am dritten Tag schlage ich ein typisches Touristenprogramm vor. Sie reagiert mit heftiger Ablehnung. Einfach nur zu bummeln kann sie akzeptieren. Ich war wohl zu forsch, sie ist noch immer im Stadium der Annäherung. An die Stadt. An mich. An ein Leben ohne Dämonen. Im Vergleich zu Hamburg, wo sie einen Tag im Auto saß, sind wir geradezu mit Siebenmeilenstiefeln unterwegs.

Ela geht von sich aus in kein Geschäft. Das Übertreten jeglicher Schwelle fällt ihr schwer. Deshalb frage ich sie an diesem oder jenem

Laden, ob sie hineinmöchte, und wenn ja, dann gehe ich voraus, Ela im Schlepptau. Am dritten Tag in München, nach fünf Stunden Schlendern ist es so weit: Ela sagt plötzlich, was sie interessiert.

Hier und da kauft sie sich ein Andenken, eine Postkarte, Räucherstäbchen in Rosa, eine rosenförmige kleine Kerze, ein 10-Milliliter-Honiggläschen bei Dallmayr.

Es scheint, als fühle sie sich wohl.

„Lass uns heute Abend Piroschki backen!", schlägt sie vor. Ein russisches Nationalgericht, Teigtaschen mit Fleisch. Wir gehen in den Supermarkt, um die Zutaten zu kaufen.

Wie stets in einem neuen Umfeld bewegt Ela sich langsam, schaut hier und dort. Dann sieht sie den hübschen Italiener hinter dem Bäckertresen und er sieht die schöne Ukrainerin. Ein Flirt beginnt, einer dieser Alltagsflirts, die das Leben um so vieles schöner machen.

Ich bin neugierig, will mir den Auserwählten aus der Nähe ansehen, denn ich versuche schon seit einiger Zeit, Elas Männergeschmack zu verstehen.

Ich vermute, dass es jener Männertyp ist, der uns Frauen gar nicht gut tut. Sportlich attraktiv, ein bisschen der Coca-Cola-Light-Mann aus der Werbung, oberflächliche Gespräche, die sich meist nur um ihn drehen, aber mit Witz und Charme gut eingepackt sind und amüsant scheinen. Der Typ, der etwas nach Wildnis duftet und nach verwegenem Abenteuer aussieht. Der Typ, der in der Dunkelheit leuchten sollte, damit alle Frauen vor ihm gewarnt sind.

Wer ist der Mann hinter der Theke? Ich kann ihn nicht sehen. Er steht in einem Winkel zum Tresen, der sein Gesicht hinter den Angeboten verschwinden lässt. Zu schade. Ich gebe auf und suche weiter die Piroschkizutaten zusammen. Ich will Ela nicht mit meiner Neugierde irritieren.

Sie steht immer noch lächelnd vor dem Bäckertresen. Irgendwann schiebt sie ein Zettelchen über das Glas. Habe ich das richtig gesehen? Hat sie wirklich gerade ihre Telefonnummer herausgegeben?

Ela gehört zu den Frauen, deren natürliche Schönheit überall die Blicke von Männern anzieht. Für sie ist das so selbstverständlich wie Zähneputzen oder das Nachziehen des obligatorischen Kajalstrichs, ohne den sie nie ein Badezimmer verlassen würde, nicht mal mit 40 Grad Fieber. Wie so viele gut aussehende Menschen hat sie sich an diese Blicke gewöhnt, die sie braucht wie ein Lebenselixier. Im Gegensatz zu so vielen anderen gut aussehenden Menschen weiß Ela jedoch kaum, mit ihrer Attraktivität umzugehen. Manchmal ist sie übertrieben kokett. Manchmal straft sie die Guckereien als obszöne Anmaßung ab. Manchmal reagiert sie mit grober Abweisung. Was die Blicke von Männern angeht, ist Ela nie spielerisch, nie leicht und niemals natürlich.

Nun hat sie gerade ihre Telefonnummer weitergegeben. Eine ungewöhnliche Geste der Zuneigung, des Vertrauens. Lächelnd kommt sie zum Einkaufswagen.

Na?, frage ich mit einem etwas zu breiten Lächeln.

„Oi, war der süß."

Und?

„Vielleicht ruft er an?"

Die Schlange an der Kasse ist lang. Ela schaut zur Kassiererin, mit einem Mal ist Unruhe in ihrem Gesicht.

„Er wird sowieso nicht anrufen. Er hat bestimmt eine Freundin."

Ihre Stimmung kippt um, schlagartig.

Ich versuche ein beruhigendes Lächeln.

Wieso sollte er nicht?

„Weil er mir seine Nummer nicht gegeben hat und sich abends nicht treffen wollte. Es war blöd von mir, ihm die Nummer zu geben", sagt sie vorwurfsvoll.

Es könnte aber auch sein, dass er nett ist, entgegne ich. Dass er anruft, keine Freundin hat und einfach ein feiner Kerl ist.

Sie sieht mich an, als würde ich nun vollkommen durchdrehen. Ich spüre, dass ich besser den Mund halten sollte.

Energisch nimmt sie die Lebensmittel aus dem Korb, knallt sie auf das Band. Hektisch sucht sie neben der Kasse Trennstücke, um Lebensmittel vor und nach uns klar von Piroggenbackpulver, Mehl, 250 Gramm Hackfleisch und billigen Boston-Zigaretten zu trennen. Wie Guillotinen lässt sie die Plastikkeile auf das Band niederfallen. Etwas mehr Abstand bitte!

Wir wollen mit alldem um uns herum nichts zu tun haben. Angespannt beobachtet Ela das Scannen der Preise, langsam fallen ihre Mundwinkel nach unten, ihre Stirn zieht sich zusammen, ihre Augen beobachten misstrauisch. Ihr Atem wird schneller und wir haben es plötzlich eilig. Als wir aus dem Laden gehen, gibt sie mir ihre Tüte und sucht nach Zigaretten. Geschickt zieht sie mit ihren eleganten Händen eine einzelne Zigarette aus der Tasche, das Feuerzeug klickt. Sie inhaliert tief. Ein. Und aus. Sie atmet.

Wir kennen uns lange genug, ich weiß inzwischen, was Ela in diesem Moment mit sich selbst erlebt. Welche Stimmen in ihr diesmal diese Verkrampfung auslösen, von der sie sich erst Tage später erholen wird.

„Ich bin eine Nutte, ganz zu Recht. Jedem die Telefonnummer geben! Dir ist schon ganz recht passiert, was dir passiert ist", denkt sie vielleicht, während sie mit versteinertem Gesicht raucht. „Wenn eine Frau nach einem freundlichen kurzen Flirt einem Mann sofort ihre

Telefonnummer gibt, dann braucht sie sich ja nicht zu wundern, dass sie morgen vergewaltigt wird und ausgeraubt in der Gosse landet."

Heute ist es die Macht der Schande, die Elas Wahrnehmung einnimmt und mit ihr auf Geisterfahrt geht.

Generationen von Müttern haben es ja gesagt: Schön und unnahbar muss frau sein. Anständig und zuvorkommend hat sie sich zu bewegen. Zurückhaltend und dankbar. Der Mann regiert die Welt und die Frau steht ihm bei. Wenn eine Frau eitel und selbstgefällig ist, wird sie aufs Schlimmste bestraft – und das scheint rechtens. Wie ging noch das Sprichwort?

Mädchen, die pfeifen, und Hähnen, die krähen,

sollte man beizeiten die Hälse umdrehen.

„Wie konnte ich nur mit ihm reden?"

Abfällig zeigt Ela mit der Hand auf sich, von oben bis unten.

Etwas ratlos sehe ich sie an. Sie nimmt einen Zug von der Zigarette, wobei sie die Schultern hochzieht. Kraftlos und erschöpft sucht sie in ihrer Tasche nach dem Hausschlüssel. Sie bekommt die Tür nicht aufgeschlossen. Ich stelle die Tüten ab, öffne die Tür. Oben angekommen geht sie in ihr Zimmer, ohne ein weiteres Wort zu verlieren.

Sie geht nicht allein.

Marek ist bei ihr.

Marek, der Mann ihrer Träume, der Retter in der Not, ihr Prinz.

So dachte sie jedenfalls. Bis Marek zurückkam. Aus der Ukraine.

Plötzlich stand er vor ihr, im Puff.

Ein Tag, auf den Ela sehnlichst gewartet hatte.

Ein Tag, der ihr Schicksal wenden würde.

Anders allerdings, als Ela es sich ausgemalt hatte.

Sie hat mir davon erzählt, mehrfach.

Anfangs stockend, mit großen Lücken. Diese Erinnerung weigerte sich besonders hartnäckig, ihr Bewusstsein auch nur zu betreten. Erst nach und nach begannen sie zu fließen, die Bilder, Worte, Details. Ela schaffte schon drei Wochen an, in der Bar, und wartete, jeden Tag. Marek würde sie herausholen aus dem falschen Leben in den Mädchenzimmern. Sie arbeitete stets bis zum frühen Morgen, ging spät schlafen, stand früh wieder auf. Ela war keine Nachtarbeit gewöhnt und ihr Rhythmus verweigerte die Umstellung auf das neue Leben. So war sie morgens immer die Erste in der Küche, machte sauber, ließ den Kaffee durchlaufen und wusch ab.

An jenem Tag hörte sie jemanden die Wohnungstür öffnen. Sie sah nicht nach, wer da war. Sie befand sich noch in der Phase des langsamen Aufwachens, sie brauchte oft Stunden, um halbwegs zu sich zu kommen.

„Hallo?!" Mareks Stimme war unverändert. Hatte sie ihn wirklich gehört? Ela rannte ins Wohnzimmer. Tatsächlich, da stand er. Nun würde alles gut werden!

Elas stumme Erinnerungen füllen das kleine Gästezimmer der Münchner Wohnung. Hinter der geschlossenen Tür höre ich das Feuerzeug schnappen, einen tiefen Seufzer. Ela ist wieder in Bostorf, wieder im Nachthemd, wieder in jenem Tag, an dem Marek zurückkam.

„Liebling! Großer! Endlich bist du da." Ela umarmt ihn und will ihn küssen, doch Marek entzieht sich und weicht aus.

„Hallo!" Er behält seine braune Lederjacke an und sieht sich im Zimmer um.

„Wenn du wüsstest, was hier alles ohne dich passiert ist!"

„Ja, ich hab es gehört."

„Schatz, sie haben mich vergewaltigt und nun muss ich hier wohnen!", überhört sie seine Bemerkung. „Ich habe so auf deine Rückkehr gewartet. Dass du wieder da bist! Wie war es zu Hause?"

„Hast du was zu trinken?"

„Ja, frischen Kaffee, ich habe ihn gerade aufgesetzt. Wir haben auch noch Saft und Wasser. Was möchtest du? Ich bringe es dir."

Er ist schon in Richtung Küche gegangen und öffnet den Kühlschrank.

„Du kannst dir nicht vorstellen, was ich durchgemacht habe!" Ela spricht, während Marek sich Orangensaft in ein Glas gießt. Er lehnt sich an einen Küchenschrank, sie setzt sich daneben auf die Anrichte.

„Es war furchtbar."

„Warum erzählst du mir das?"

„Was? Schatz, ich bin vergewaltigt worden und nun schickt mich Frank anschaffen! Ich konnte mich doch nicht wehren!"

„Na und, warum erzählst du mir das?"

„Liebling, ich bin so froh, dass nun alles vorbei ist und du wieder da bist."

„Sag mal, wo ist dein Pass?"

„Meinen Pass hast du."

„Nein, ich meine deinen russischen Inlandsausweis."

„Ich weiß nicht, ist jetzt auch nicht wichtig, hör mir doch mal zu. Kurz nachdem du weg warst und die Party zur Eröffnung lief, da …"

Er stellt sein Glas ab und geht in ihr Zimmer, sieht sich um und beginnt, in ihrem Rucksack zu wühlen. Ela springt von der Anrichte und folgt ihm, wobei sie weiter, fast verzweifelt, berichtet: „… hat einer von Franks Freunden …"

„Ela, verdammt, wo ist dein Ausweis?"

„Hör mir zu! Ich weiß nicht, wo mein Ausweis ist. Einer von Franks Freunden …"

„Ela, Schätzchen, das interessiert mich nicht. Wenn du irgendwann

mal ein echtes Problem hast, dann sag mir Bescheid. Das hier ist mir
scheißegal. Hast du das verstanden?"

„Marek. Ich, ich bin vergewaltigt worden."

Er öffnet ihre Schränke.

„.... und Frank hat mich ..."

Durchwühlt die Schubladen.

„... anschaffen lassen."

Kippt ihre Handtasche aus.

„Ich muss jeden Tag in der Bar arbeiten!"

Zieht ihre Unterwäsche aus der Reisetasche. Ohne Erfolg, ihr Pass
ist nicht zu finden. Er dreht sich um und geht in Richtung Tür. Ela
springt auf, rennt zum Ausgang und versperrt ihm den Weg.

„Marek! Höre mir zu!"

„Wozu? Lass mich vorbei."

Er schiebt sie zur Seite, drückt die Klinke runter, öffnet die Tür und
knallt sie hinter sich zu.

Etwas zerreißt in ihr, zerschellt an massivem Eis, zerbricht.

Etwas, das sie erst in den Jahren danach kennen lernt, in denen sie
die Bruchstücke aufsammelt.

Ela hockt auf dem Münchner Gästebett und friert.

Da ist das Eis wieder. Das Eis, das sie umgibt seit jenem Tag.

Starr blickte sie vor sich hin, damals, nachdem Marek gegangen
war. Tot, mausetot, für immer weg, so sieht das Ende aus, dachte sie.
Schluss.

Doch es kam schlimmer. Sie atmete weiter, sie sah die Mittagssonne
hinter den Gardinen, sie hörte, wie eine Kollegin aufstand und
ins Bad ging. Sie sah sich in der Küche sitzen und langsam dämmerte es in ihr, langsam wurde ihr klar, was passiert war: Sie selbst
hatte an allem Schuld. Sie hatte sich schließlich vergewaltigen

lassen. Sie hatte sich schlagen, zum Sex zwingen, missbrauchen lassen.

Ela wurde unsagbar übel, es verschlug ihr den Atem, jedes Gefühl. Ihr war kalt, endlos kalt. Und alles war so sonnenklar. Sie hatte es ihm unmöglich gemacht, sie weiter zu lieben. Natürlich wollte er eine gute Frau, eine anständige Frau. Eine, auf die er stolz sein konnte. So eine war sie nicht mehr. Marek tat recht daran, sie zu verschmähen. Der Alptraum, in dem sie lebte – mit Mareks Rückkehr hätte er aufhören sollen. Es war doch nur vorübergehend, das mit dem Anschaffen! Nur vorübergehend. Allerdings, wer sollte sie jetzt retten? Wie würde das enden? Ela saß in der Küche eines schäbigen Etablissements in einem gottverlassenen Ort in Ostdeutschland, nach einer Nacht mit drei Freiern und einem Heulkrampf und fand sich zum ersten Mal ohne Illusionen wieder: Der Alptraum war jetzt ihr Leben. Ganz real. Marek würde nicht mehr wiederkommen, Marek wollte sie nicht mehr. War Marek am Ende in die ganze Sache verwickelt? Ja, bestimmt. Nein, nie. Wem konnte sie noch trauen? Wie hatte sie sich nur so gehen lassen können?

Ela kommt aus ihrem Gästezimmer und geht schweigend in die große, Münchner Küche. Ausgestattet mit ansprechenden weißen Möbeln, einem gemütlichen Küchentisch und elegant verteiltem Licht ist diese ein Juwel der Behaglichkeit. Doch Ela sieht das nicht, sie hat alle Lichter ausgemacht und einen Hocker direkt zwischen den Mülleimer und die Tür zur Speisekammer gestellt. Der Aschenbecher landet auf dem Mülleimerdeckel.

Sie setzt sich hin und raucht.

Als ich hereinkomme, ist der Aschenbecher voll. Die Beine angezogen hockt sie auf der ungemütlichsten Sitzgelegenheit der Wohnung, im Dunkeln, und sieht mich nicht an. Wenn es dunkel in einem selbst ist, dann soll es auch dunkel um einen herum sein. In solchen Momenten braucht man Verbündete, die trotzdem Licht machen.

Ich frage: Soll ich noch die Heizung ausmachen und Wagner auflegen?

„Wieso?"

Damit du dich noch schlechter fühlen kannst.

Ich schalte das Licht an, gehe zum Herd, um einen Kessel Wasser aufzusetzen, und nehme den Aschenbecher vom Mülleimer.

Ela, komm zurück. Du wolltest kochen!

„Können wir nicht morgen kochen."

Ich habe mich darauf gefreut.

„Gut, dann koche ich." Sie sitzt noch immer vornübergebeugt auf dem Hocker.

Komm, setz dich an den Tisch.

„Ich finde es gemütlich hier."

Klar, auf dem harten Hocker, und ich wette, es zieht aus der Kammer.

Ich halte meine Hand an den Türrahmen und tatsächlich, es zieht.

Supergemütlich, ich könnte den Mülleimerdeckel aufklappen, dann riecht es auch noch gut.

Ela lacht. „Aber nur, wenn du den Mittagsabfall vorher reinwirfst."

Oder eine stinkende Fischbüchse.

„Ja, die wäre auch gut."

Wir trinken Kaffee zusammen und essen Kuchen. Reden über Gott und die Welt, beschließen, dass knielange Sommerhosen bei den meisten Frauen doof aussehen, dass Cindy Crawford ein besseres und clevereres Model ist als Claudia Schiffer und dass Putins Segelohren nicht sexy sind.

Am Abend gehen wir ins Kino, eine romantische Schnulze. Ich versuche eher erfolglos, Ela in das Geheimnis des westlichen Lebensgefühls von Popcorn und Coke einzuweihen. Sie und er bekommen sich am Ende des Films, wir sind zufrieden und fallen zu Hause in einen tiefen Schlaf.

Es ist zehn Uhr früh. Die Haare schön und ordentlich nach hinten gebunden, kommt Ela aus ihrem Schlafzimmer. Zum hellblauen Hausanzug trägt sie weiße Sportschuhe. Die hellblauen Streifen auf den Schuhen passen perfekt zur Farbe des Anzugs. Mich macht so viel Perfektionismus immer etwas traurig. Heute morgen umso mehr, da ich an ihren Augenringen und der Blässe ihres Gesichts kaum vorbeisehen kann.

„Morgen."

Dir geht es nicht gut?

„Mir geht es beschissen. ER hat mir heute Nacht, gegen vier, eine SMS aus der Türkei geschickt", schießt es aus ihr heraus.

Wer?

„ER – du weißt schon! ER ist auf Dienstreise und schreibt: ‚Wie geht es dir Babe? Hoffe, alles in Ordnung!' So eine Unverschämtheit."

Sie zündet sich eine Zigarette an, auf nüchternen, verärgerten Magen. Ich bin mir sicher, dass ihr sofort schlecht werden muss. Tut es auch, sie springt auf, läuft zum Klo und übergibt sich.

Diese weibliche Fähigkeit, sich selbst zu bestrafen und eine Demütigung von außen nochmals zu unterstützen, versetzt mich immer wieder in Erstaunen.

Das Drama dieser SMS ist, dass er sich nur meldet, wenn er will, und dass er sie Babe nennt, obwohl sie es hasst – und überhaupt.

Manche Männer werden nie verstehen, dass wir Frauen es nicht toll finden, wenn sie uns Maus, Süße, Kleines oder Babe nennen. Mit dem Fehler sind sie geboren und meinen es nicht so, sage ich, und versuche damit, die Feinde, die riesigen Angreifer, die die Sicht auf alles andere nehmen, etwas kleiner und die Sicht freier zu machen. Keine Chance. Ela brummt ihr berühmtes „Hm". The person you have called is not available.

Ich koche ihr Kamillentee, um den morgendlichen Nikotinstoß abzufedern. An Frühstück ist nicht zu denken.

Als ich nach einer Stunde geschniegelt, gebügelt und frisiert wieder vor ihr stehe, liest sie in einer alten Nummer des Stern einen Artikel über Osama Bin Laden.

Wollen wir spazieren gehen?

„Ich gehe doch jetzt nicht spazieren, wo alle anderen arbeiten!" Ela spricht nicht, sie schießt.

Dann lass uns arbeiten, ich stelle dir Fragen, schlage ich vor. Ela nickt zufrieden.

Was passierte, nachdem Marek weg war und dir klar wurde, dass er dich nicht herausholen würde?

„Nach dem ersten, großen Schock wurde ich wütend. Oder – vielleicht war es auch nur meine Angst, die mich trieb. Ich beschloss jedenfalls abzuhauen. Ich schmiedete Pläne. Ich könnte aus dem Toilettenfenster steigen, überlegte ich mir. Bis sie es bemerken würden, hätte ich eine gute Chance, irgendjemanden zu finden, der mir helfen würde. Wir hatten inzwischen immer öfter fiese Kundschaft. Es wurde mit Drogen und Waffen gehandelt. So klein der Laden auch war, die Geschäfte liefen im großen Maßstab. Ich konnte die Typen nicht ab, die da kamen. Wenn die nur ahnten, dass man sie blöd fand, wurden sie aggressiv."

Also hast du die Flucht gewagt?

„Ja. Eines Abends fühlte ich, dass zwei von denen mich auf den Kieker nahmen. Es war nur ein Gefühl, aber ich hatte panische Angst. Also setzte ich mich neben Tanja und sagte: ‚Heute!' Sie verstand sofort, ich hatte sie schon Wochen zuvor eingeweiht. Sie musste mir in der Toilette die Räuberleiter machen."

Hat sie?

„Sicher. Sie hat mir geholfen und ohne meine wahnsinnige Angst wäre das Ganze bestimmt ein tolles Abenteuer gewesen. Es war ein kleine, längliches Fenster auf zwei Meter Höhe, durch das ich auf die Straße krabbelte. Kaum war ich draußen, rannte ich los, wurde dann langsamer und musste feststellen, dass gegen Mitternacht kaum noch jemand wach war. Irgendwo sah ich ein Licht brennen, im Parterre. Es war ein Neubau. Mir war klar, dass in der Bar – kaum dass sie meine Flucht bemerkten – die Hölle losgehen und dass sie einen Suchtrupp rausschicken würden. Ich musste irgendwo Unterschlupf finden.

Dann sah ich diesen beleuchteten Balkon, nahm meinen linken Schuh und warf ihn nach dem Fenster. Es machte aber keiner auf, der linke Pumps war umsonst geopfert.

Ich verließ langsam das Neubaugebiet, in dem die Bar lag, und kam in eine Einfamilienhaus-Siedlung. Da erschien mir die Sache noch hoffnungsloser. Langsam wurde mir kalt. Ich ging schnellen Schrittes, humpelnd und auf Feinstrumpfhosen. An meinem linken Bein hatten sich Dutzende von Laufmaschen gezogen. Panik machte sich in mir breit – ich hatte keinen Mantel, kein Geld, keinen Ausweis. Ich hätte ebenso gut aus einer Irrenanstalt geflüchtet sein können. Als mir das Humpeln zu albern wurde, zog ich den zweiten Pumps aus und lief barfuß die Asphaltstraße hoch. Mitten im November. Es war arschkalt und ich rannte durch die Nacht, einen Pumps in der Hand, den anderen unterwegs verloren."

Ela kichert kokett. Sie malt das Bild einer schönen, flüchtenden Hure auf Bostorfs Straßen. Charmant und komisch geradezu, diese Szene – wenn man sich das so aus der Ferne anschaut. Wäre da nicht die Angst gewesen, damals, heute.

„Ich war schon kurz davor aufzugeben, als ich ein Haus entdeckte, durch dessen Gardinen ich das Flackern eines Fernsehers sehen konnte. Im Garten stand ein alter Blumentopf mit was drin, vielleicht einem Stein oder einer kleinen Hacke. Ich nahm den Topf und warf ihn. Er machte so viel Krach beim Aufprall auf der Veranda, dass die Leute sofort die Tür öffneten. ‚Entschuldigung! Hilfe!', stammelte ich und sie ließen mich rein. Es war ein älteres Ehepaar, sehr hilfsbereit, sie konnten sogar ein paar Worte russisch. Ich bat sie, die Polizei zu rufen. Während wir auf deren Ankunft warteten, kochte die Frau mir Tee."

Was hast du denen erzählt?

„Weiß ich nicht mehr. Auch nicht, wie es dort aussah. Die zwei Polizisten, eine Frau und ein Mann, kamen schnell. Sie waren freundlich zu mir."

Wie hast du dich mit denen verständigt?

„Na ja, Taubstummensprache, aber eigentlich gar nicht. Daran hatte ich in meiner Planung nicht gedacht. Mir fiel auf die Schnelle nur ein Russe ein, der mir helfen konnte. So stieg ich in den Polizeiwagen und zeigte den Weg. Er war auch zu Hause, doch statt mir zu helfen, drohte er mir und erzählte den Polizisten etwas, das ich nicht verstand. Sie nahmen mich mit und ich kam für die Nacht in eine Zelle."

Du wurdest eingesperrt?

„Nein, nicht richtig, aber ich musste ja irgendwo schlafen. Sie konnten nach Mitternacht kein Protokoll aufnehmen, also musste ich warten."

Wie war es in der Zelle?

„Kalt. Ich hatte nur eine dünne Decke, aber ich war so geschafft, dass ich gleich einschlief. Morgens, als sie mich weckten, passierte das Undenkbare. Ein Beamter fragte: ‚Kaffee?‘, und gab mir zu verstehen, dass ich warten solle. Beim Gehen ließ er die Tür sperrangelweit offen. Und stell dir vor, auf dem Gang vor den Zellen stand Michael. Er nickte mir zu, ich nickte zurück und bekam wieder diese Höllenangst.

Welcher Michael?

Michael hatte meine offizielle Einladung geschrieben, die Voraussetzung für ein Touristenvisum war. Er gehörte zu den Aufpassern, einmal beschützte er mich. Da sollte ich mit einem perversen Typen aufs Zimmer. Micha schickte ihn zu einer anderen. Er war in Ordnung, aber gehörte zum Puff und nun stand er vor meiner Zellentür. Nach ungefähr zehn Minuten kam ein anderer Polizist. Er sprach russisch. Wir gingen in sein Büro, um das Protokoll aufzunehmen. Dort gab es Kaffee, eine Zigarette und die größte Lügengeschichte meines Lebens. Durch ein Glasfenster zum Großraumbüro konnte ich beobachten, wie Micha sich zu einem Polizisten an den Schreibtisch setzte und sie sich freundschaftlich unterhielten.“

Wie kam der denn in die Polizeistation?

„Er musste einen Anruf bekommen haben. Ich war entsetzt und fühlte mich vollkommen hilflos. Ich dachte nur: Du bist vom Regen in die Traufe gekommen. Was nun?“

Wie ging es weiter?

„Ich gab zu Protokoll, dass ich auf einer Geburtstagsparty war und nach Mitternacht kurz spazieren ging, weil ich mich mit meinem Freund gestritten hatte. Dabei verlief ich mich und wurde panisch, da ich die Stadt nicht kannte, weshalb ich zu den alten Leuten ging, die Einzigen, bei denen so spät noch Licht brannte.

Michael kam nach einer halben Stunde, klopfte und fragte, ob er mich jetzt mitnehmen könne. Der Polizist sagte, wir wären fertig und verabschiedete sich von mir. Wir fuhren zurück zum ‚Red Bird‘."

Und?

„Frank blieb cool, er ließ mir über Dima ausrichten, dass es so nicht läuft, und steckte mich einen Tag in ein Gewölbe unter der Tanzfläche. Das bedeutete so viel wie: Sei ein gutes Mädchen oder es gibt Ärger. Das hatte ich nun verstanden."

Ela verschränkt die Arme, weniger trotzig als schützend. Die Ausweglosigkeit ihrer Situation, sie spürt sie eiskalt auf der Haut. Sie sitzt in der schönen, warmen Münchner Wohnung und nimmt das Mädchen in den Arm, das den Männern, die es zwangen anzuschaffen, nicht entrinnen konnte. Nie. Dass sie seit sieben Jahren draußen ist, dem Horror am Ende doch entkommen konnte, spielt keine Rolle. Elas Gefühle sind nicht logisch, sondern stark.

Wie ging es dir danach?

„Ich gab auf."

Ela schaut prüfend auf ihre Fingernägel. Sie sind zartweiß lackiert, passend zu den Schuhen, deren Streifen so gut zum Hausanzug passen. Mir entschlüpft ein Seufzer, bevor ich frage: Heißt das, du hast nicht mehr über Auswege nachgedacht?

„Genau. Ich verschlampte ganz schnell, den Spiegel im Bad hing ich zu. Ich aß kaum noch, rauchte Unmengen, wusch mich nicht, wenn ich ins Bett ging. Ich begann, mich selbst inbrünstig zu hassen. Sie hatten mir ja klar gemacht, dass es kein Entkommen gab. Allein dass sie mich von der Polizeistation abholen konnten, machte mir klar, dass sie in Bostorf überall ihre Leute hatten. Meine Angstzustände wurden gigantisch. Ich konnte nicht essen, ohne mich zu übergeben, hatte ständig erhöhten Puls, ich fühlte das Blut in meinen Adern schlagen. Ohne die geringste Veranlassung bekam ich Schweißausbrüche und Atemnot. Das ging wochenlang so, bis Tanja eines Tages sagte: ,Na, haben sie dich jetzt endlich klein bekommen.'

Das tat mir weh. Sehr sogar. Mich hatte man klein bekommen? Aber, sie hat ja Recht, dachte ich. Innerlich war ich leer, es gab keinen Ausweg. Im Puff zu leben kam für mich nicht in Frage, also konnte es nur einen Weg geben. Selbstmord. Besser tot als diese tägliche Not, Scham, Erniedrigung und diesen Dreck, dachte ich.

Als ich dann meine Regel bekam, also einen Tag frei hatte, beschloss ich, es zu tun. Ich hatte vor, in das höchste Haus von Bostorf zu gehen, in den fünfzehnten Stock oder so, und dort von einem Balkon zu springen. Ich wollte mit offenen Augen springen, sehend und freiwillig in den Tod.

Ich malte es mir genau aus an diesem Tag. Abhauen, das Haus finden, springen.

Ich malte es mir so lange aus, bis ich mich plötzlich dagegen entschied. Etwas in mir weigerte sich. Ich wollte die Schweine nicht gewinnen lassen. Ich wollte nicht, dass sie mich kleinkriegen. Vielleicht bin ich nur aus reinem Trotz da rausgekommen."

Ela, der Racheengel?

„Nein, nur Gerechtigkeit. Das ist alles!"

Da ist sie wieder, diese entschlossene, gebrochene Frau, als die ich sie bei unserer ersten Begegnung kennen gelernt hatte. Eine Frau, die selbst am Boden liegend noch den Kampf aufnimmt.

Glaubst du wirklich an Gerechtigkeit?

„Ich glaube dran, sonst würde ich verrückt werden."

Ela sagt, es sei dieser Gerechtigkeitssinn, der sie dazu bewogen habe, eine Aussage zu machen. Allen Einschüchterungen und Drohungen zum Trotz.

Für die Berliner Ermittler ist sie damit eine Art Nadel im Heuhaufen. Eine Zwangsprostituierte, die auspackt, ist eine seltene Chance für die Fahnder, den Schleppern und Bordellbesitzern überhaupt einen Prozess machen zu können. Meist stehen sie ohne Beweise da, denn die Mädchen, die ja die einzigen Zeugen sind, wollen nicht reden. Sie fürchten um ihr Leben und das ihrer Familie daheim in Russland, Bulgarien, Polen, der Ukraine. Von 1003 Frauen, die das Landeskriminalamt Berlin 2001 überprüfte, haben 40 eine Aussage gemacht. Um die Frauen zu unterstützen, bemüht sich das LKA Opferschutz geltend zu machen. So wissen sie stets, wie und wo die Zeuginnen leben, und garantieren Sicherheitsgeleit zum Prozess. Gleichwohl halten nur die wenigsten Zeuginnen bis zur Verhandlung durch, im Jahr 2001 waren es nur 16.

Ela ist eine davon.

Meinst du, das Gericht wird Recht sprechen?

Sie schaut mich kritisch an. „Ich hoffe es. Ich denke aber, dass es wahrscheinlich nicht so sein wird."

Wieso?

„Man weiß doch nie, was bei so was rauskommt. Abbruch wegen Verfahrensfehlern! Was weiß denn ich."

Ela ist nervös. Der Prozess rückt immer näher, vielleicht schon in zwei Monaten, sagt ihre Anwältin. Zwei Monate bis zur Gegenüberstellung vor Gericht. Wer würde dort sein? Marek? Frank, der Chef? Sie zieht ihren Anzug glatt, streicht sich einige Fussel vom Hosenbein.

Wie ging es weiter, nachdem du beschlossen hattest, nicht aufzugeben?

„Nach dem Tag, an dem ich mich umbringen hatte wollen, sah ich meine Situation zum ersten Mal ganz klar. Ich sah, wo ich gelandet war und dass ich kämpfen musste. Keiner außer mir selbst würde mir helfen. Also blieb mir nichts anderes übrig, als wieder abzuhauen, nur musste ich beim nächsten Mal cleverer sein. Ich beschloss, mich bei Frank und der Clique einzuschmeicheln, um ihr Vertrauen zu gewinnen, und dann zum richtigen Zeitpunkt gut vorbereitet zu verschwinden."

Bei denen einschmeicheln? Nachdem du zur Polizei gerannt warst?

„Ja, ich versuchte es einfach und begann, ein ‚gutes Mädchen‘ zu sein. Schön geschminkt, die Haare hergemacht und sexy angezogen, ging ich zum ‚Dienst‘ und war gut drauf. Ich machte Witze, flirtete hier und da, fertigte pro Abend mindestens vier Kunden ab."

Wie hast du das gemacht, bei all dem Ekel, den du beschrieben hast? Bist du eine so gute Schauspielerin?

„Schön wär's. Ich glaube, ich habe mich einfach in zwei Personen geteilt. Die Eine, Eli, die Nutte, die war nicht ich. Die andere, Ela, die gab es nur nachts, wenn ich meine Fluchtpläne durchdachte."

Und das haben sie dir abgenommen?

„Ich weiß auch nicht, aber es klappte, sie fielen auf mich herein. Dann schlug der Chef vor, Tabledancing einzuführen, sie hatten sogar schon eine Stange gekauft. Ich bestärkte ihn. Das verwunderte und freute ihn."

Du solltest um eine Stange herum tanzen?

„Ja, Marek hatte ihm erzählt, dass ich jahrelang Ballettunterricht genommen hatte. Ich schmierte Frank Honig ums Maul. Eines Abends, als kaum Kunden da waren, flippten wir total aus und machten Quatsch. Ich tanzte mit ihm die ganze Nacht Tango. Er muss das toll gefunden haben, denn einen Tag später lud er mich zu sich nach Hause ein. Er wohnte in einer wunderschönen Villa und seine Frau begrüßte mich wie eine gute alte Bekannte. Sie kochte Kaffee für uns und schenkte mir Sachen zum Anziehen, sogar goldene Ohrringe."

Warum?

„Was weiß ich. Vielleicht, weil sie sich wirklich wünschten, wir wären eine große Familie: Einer für alle, alle für einen, so wie ein verschworener Geheimbund."

Die Verwunderung in Elas Gesicht ist echt. Bis heute erstaunt sie dieser plötzliche Wandel, macht das andere, das menschliche Gesicht des Chefs ihr Schwierigkeiten.

„Sie stellten mir sogar ihre Kinder vor", fährt sie fort, „einen Jungen, vielleicht vierzehn, und ein jüngeres Mädchen. Wir gingen richtig schön essen, danach verabschiedeten Frank und ich uns von seiner Frau und fuhren ins ‚Red Bird'."

Und dann?

„Es gab nur zwei Bodyguards, die mir misstrauten und die mich besonders aufmerksam beobachteten seit meiner Flucht. Sie machten die Sache kompliziert, weil ich mir in den Kopf gesetzt hatte, wenn ich das nächste Mal fliehe, dann nicht ohne Beweismaterial. Ich wollte nicht wieder zurückgebracht werden. Ich wollte es denen heimzahlen. Ich beschloss, einen kleinen Kassettenrekorder zu kaufen und aufzunehmen, was in der Bar vor sich ging. Dass diese zwei Aufpasser mich so scharf beobachteten, war ein echtes Hindernis."

Einen Kassettenrekorder kaufen? Wovon denn und wie wolltest du das Ganze organisieren?

„Frank hatte mir in seinem Überschwang Bargeld gegeben."

Wie viel?

„80 Euro. Also baten Tanja und ich um Ausgang. Wenn wir die Bodyguards oder Frank fragten, durften wir inzwischen ab und zu raus. Wir fragten und bekamen die Erlaubnis. Tanja sprach deutsch und half mir, das Richtige zu kaufen."

Wusste sie, worum es ging?

„Nein. Aber sie konnte es sich sicher denken. Ich legte das kleine Aufnahmegerät in meine Tasche."

Hattest du diesmal keine Angst mehr? Was, wenn sie dich erwischt hätten?

„Sicher, sie hätten das Hochspringen der Tasten am Ende einer Kassettenseite hören oder einfach mal einen Blick in meine Tasche werfen können. Natürlich hatte ich eine Scheißangst. Ich starb tausend Tode, und das alles umsonst – die Aufzeichnungen waren nicht zu gebrauchen. Man verstand nichts, hörte nur Rascheln und Knistern."

Hast du nach anderen Beweisen gesucht?

„Ja, aber das war nicht so einfach. Durch meine neue Taktik gehörte ich nun dazu. Das hieß: noch mehr Partys vor dem Dienst und noch öfter nach Feierabend zusammensitzen, Spaß machen, herumalbern, quatschen und gut drauf sein. Manchmal brachten sie Drogen mit und dann forderten sie, dass wir auch was nahmen."

Hast du mitgemacht?

„Nicht freiwillig, aber wenn die was auf den Tisch legten, dann musste ich. Mein Körper nimmt dieses Zeug nicht an und ich machte schlimme Zustände durch. Nichts von dem Stoff brachte mir gute Laune."

Was wurde denn genommen?

„So weißes Zeug."

Ich frage mich, warum Ela nicht Koks dazu sagt. Sie muss das Drogenvokabular so gut kennen wie das der Prostituierten. Sie stellt sich naiv. Warum?

Habt ihr sonst noch was genommen?

„Sie haben uns manchmal etwas in den Kaffee getan und auch in andere Getränke, das ist aber erst später von der Polizei nachgewiesen worden. Ich weiß nicht, was es war."

Ein Rückzug in sicheres Gebiet. Die Polizei hat es festgestellt. Will Ela sich nicht erinnern oder kann sie es in diesem Fall nicht, weil sie high war? Was passierte in jenen Drogennächten, so dass sie immer, wenn das Gespräch darauf kommt, in eine merkwürdige, mädchenhafte Haltung verfällt?

In den Drogennächten, das verstehe ich mit der Zeit, lernte Ela noch eine weitere Variante menschlicher Abgründe kennen. Mit den Drogen kamen besondere Praktiken. Sex und Gewalt. Gewalt und absurde Spiele. Männliche Über- und weibliche Ohnmacht.

„Ich erinnere mich an Dirk, einen Puffinhaber aus Berlin. Er war mit ein paar Mädchen vorbeigekommen. Es wurde viel gelacht, Zoten gerissen. Ich ging gegen fünf auf mein Zimmer, hörte wenig später die Haustür zuschlagen und ging ans Fenster. Da sah ich, wie Dirk eine der Mulattinnen, mit denen er gekommen war, brutal auf den Kofferraum seines Autos stieß, von den anderen festhalten ließ und sich in sie hineinrammte …

Es war so furchtbar. Ich guckte hinunter, sah den großen Mann über dieser kleinen Frau, sah ihre nackten Beine und hörte ihre Laute. Verzweifelte, fast tierische Laute, wie es mir schien."

Ela weint.

Diese Geschichte kann sie erzählen, sie ist harmlos genug. Andere verschwinden für immer in den Tiefen ihres Unterbewusstseins. Die menschliche Seele besitzt diese erstaunliche Fähigkeit, schreckliche Ereignisse vom Bewusstsein zu trennen. Man erinnert sich einfach nicht mehr. Damit erkennt man das Geschehene nicht an und muss sich den aus dem Schock resultierenden Problemen nicht stellen. Soldaten kehren mit massiven Erinnerungslücken aus dem Krieg zurück. Missbrauchten Kindern fehlen manchmal ganze Teile ihrer Kindheit. Überlebende eines Flugzeugabsturzes steigen aus den Trümmern ohne die geringste Ahnung, was genau passiert ist. Ein Schutzmechanismus der Seele, gegen den auch Ela nicht andenken kann. Dagegen anzudenken, um zu erkennen, und dann nach Verarbeitung und Heilung zu suchen ist einer der schwierigsten Wege.

Ela lächelt unter ihren Tränen. Ich denke daran, wie sie in unseren ersten Interviews nicht einmal weinen konnte. Wie wir dann, als die Tränen zu fließen begannen, in solchen Momenten abbrechen mussten. „Weinen ist einer der ersten Schritte aus der Versteinerung", sagte sie einmal. „Das Anstrengende ist nur, dass man oft stundenlang weint, wenn's einmal losgeht."

Heute hat Ela sich nach dem Tee wieder gefasst.

„Weißt du, die Mulattin war noch sehr jung, 15 vielleicht", sagt sie nachdenklich. „Das waren keine Russinnen, sondern Kubanerinnen, die Dirk mitbrachte. Immer wenn ich die sah, waren sie auf Drogen."

Was wurde aus deiner Einschmeicheltaktik bei Frank?

„Zur großen Überraschung aller bekam ich eine Wohnung – mitten im Neubaugebiet! Mit eigenem Schlüssel, Bad, Küche!"

Eine eigene Wohnung? Da musst du in seinen Augen aber eine heiße Nummer gewesen sein.

Ela überhört meine Verwunderung und erzählt weiter.

„Nun, die Bodyguards holten mich seitdem ab und brachten mich zu Kunden nach Hause. Wenn es nichts zu tun gab, kamen sie trotzdem alle paar Stunden vorbei, um zu sehen, ob ich noch da war. Ich konnte nie wissen, ob sie mich gerade beobachteten oder nicht. Außerdem hatte ich keinen Pass, kein Geld, gar nichts. Täglich gegen sieben Uhr abends klingelten sie und es ging zum Dienst in die Bar.

Am achten Tag in der Wohnung fasste ich einen Entschluss. Ich hatte zwar kein Beweismaterial gegen sie, aber eine bessere Chance würde es nicht geben. Ich packte meine wichtigsten Sachen in ein paar Tüten, guckte, ob die Fahrstühle stehen, und rannte die Treppe hinunter, als wäre der Teufel hinter mir her. Bei jedem neuen Treppenabsatz habe ich nach unten geguckt, ob jemand kommt, und da die Luft rein war, lief ich weiter. Ich hatte laut meiner Rechnung genau eine Stunde Zeit, bevor sie auftauchen würden. Wenn sie so kommen würden wie üblich."

Wie ging dein Plan weiter?

„Ich wollte zu einem Russen, den ich kannte und von dem ich glaubte, er würde mir helfen."

Hattest du einen Plan B, eine Alternative?

„Nein. Ich war verzweifelt genug, um alles auf eine Karte zu setzen. Und ich hatte viel mehr Angst als bei der ersten Flucht. Ich dachte: Wenn sie dich noch mal erwischen, bringen sie dich um."

Langsam bricht der Abend an und ich bestehe darauf, dass Ela die Piroschki backt. Irgendwo hatte ich gelesen, dass Essen erdet. Mir scheint, dass es für heute reicht. All diese Gänge in die Vergangenheit sind anstrengend, nicht nur für Ela, die sich erinnert. Auch für mich, die ich ihr zuhöre.

Am nächsten Morgen werden wir aufbrechen, zurück nach Berlin.

Ela hat einige Andenken in der Reisetasche, sie ist aus meinem Auto gestiegen und hat ein Stück Freiheit für sich entdeckt.

Und München?

„Das war ganz okay."

Das Leben davor

Wir sind zum Essen verabredet. Ich sehe Ela an der Gedächtniskirche auf mich warten. Es ist schon November, aber noch laue 15 Grad warm, sie steht in der Mittagssonne und friert. Ela sieht noch dünner aus als sonst, steht betont allein da, die Arme verschränkt, die Beine überkreuzt.

Ungeduldig schaut sie sich um.

Ich habe mich zehn Minuten verspätet.

„Hi, wie geht's. Wohin gehen wir?"

Sie umarmt mich und deutet falsche Begrüßungsküsschen an. Die Geste verwundert mich, woher diese plötzliche Oberflächlichkeit, frage ich mich und spiele doch mit. Küsschen rechts, Küsschen links.

Gut. Und dir?

„Interessiert es dich etwa?"

Hart im Einstecken, hart im Austeilen.

Ela ist sauer, weil ich sie warten ließ. Jeder denkt, er könne sie warten lassen. Sie ist ja nur eine ehemalige Nutte, die jetzt Sozialhilfe bekommt. Ist doch so? Jetzt fange ich auch noch an, sie so zu behandeln.

Immer wenn Ela mich in einem Interview sehr nah an sich herangelassen hat, beginnt unsere nächste Begegnung mit einer Mauer des Schweigens. Ich sehe, wie sie versucht, sicher geradeaus zu schreiten, doch in ihrem Gesicht, in ihren Bewegungen überwiegt die Hast.

Mir schießen die Worte eines amerikanischen Psychologen durch den Sinn, noch am Vorabend hatte ich in seinem Buch über Traumaheilung gelesen. Er beschrieb, wie wichtig bedingungsloser Zuspruch für Menschen ist, deren Vertrauen derart gestört ist. Nicht das neugierige Zuhören, das noch ein weiteres unvorstellbares Detail von Vergewaltigung und Missbrauch erhaschen will, sondern das heilende, zusprechende, respektvolle Zuhören und Mitfühlen. Vertrauen bewahren, allen Mauern und Widersprüchen zum Trotz – ja gerade wegen all der wiederkehrenden Mauern und Widersprüche.

Wir überqueren die Straße.

Ich sage: Das ist aber ein schöner, milder Herbsttag heute.

Ela schaut mich entsetzt an. Habe ich noch so'n paar Belanglosigkeiten auf Lager, während es für sie um Leben oder Sterben geht? Ihre Augen fragen in aller Verzweiflung, ihre Stimme jedoch rührt sich nicht.

Magst du chinesisch essen gehen?

„Mir egal."

Granit.

In Charlottenburg liegt Restaurant an Restaurant. Vor einer Häuserzeile mit drei Lokalen bleibe ich stehen. Ela zeigt stumm auf den Italiener. Ich gehe voraus und bitte um einen Tisch für zwei Personen. Schon blicke ich in die strahlenden Gesichter dreier Kellner, die alle nicht mich anschauen. Hinter mir steht eine verschämt kokett lächelnde Ela. Sie schlägt die Augen auf und nieder, sieht scheinbar abwesend auf einen Bund künstlicher Rosen und senkt den Kopf, als wir zum Tisch geführt werden.

„Si, Signorina, natürlich machen wir die beste Tisch frei für solche Schönheiten", palavert der Kellner. „Sie werden zufrieden sein!"

Ich falle verblüfft auf meinen Stuhl. Die depressive Ela scheint verschwunden, die devot lächelnde lässt sich gerade vom Kellner den Stuhl zurechtrücken.

Pirouetten wie im Rokoko.

Der Kellner erklärt die Tageskarte. Er sprüht nur so vor Sympathie, Funken, die Elas Gesicht strahlen lassen. Der italo-deutsche Singsang über Antipasti, Pesce und Pasta nimmt kein Ende. Den Rücken durchgedrückt sitzt Ela auf der Stuhlkante und folgt freundlich lächelnd jedem Wort. Zum Finale schmettert der Kellner ein kräftiges „Bellissima!" und schreitet selbstgewiss von dannen.

Ich schaue ihm hinterher, dann auf Ela. Die rückt ihren Stuhl zurecht, macht es sich bequem und zündet sich genüsslich eine Zigarette an.

Warst du hier schon mal?

„Nein, wieso?"

Ela, die Femme fatale.

Ein Widerspruch, der sich mir nicht erschließen will. Ela, die von Männern zum Sex Gezwungene, lebt auf im halb frivolen Blick- und Gestenaustausch mit Männern. Ich habe sie zusammenzucken sehen, als einige Muskelpakete im Park an ihr vorbeigingen. Ich habe sie die Straßenseite wechseln sehen wegen ein, zwei bulligen Typen, die uns entgegenkamen. Jetzt lächelt Ela, sonnt sich in der Widerspiegelung ihrer Schönheit und spielt die Rolle des Unschuldslamms so perfekt, dass ich mich frage, ob sie noch dieselbe ist.

Magst du Italiener besonders gern?

„Natürlich! Italien liegt auf der gleichen Höhe wie die Krim, wusstest du das?"

Nein, woher weißt du es?

„Als ich zwölf war, traf ich zum ersten Mal Italiener: Sie waren mit einer Firma in die Stadt gekommen, die eine Fabrik bei uns baute. Ich fand die Sprache so toll, dass ich mir Bücher besorgte und anfing zu lernen. Ich mochte die Männer und ihre Fröhlichkeit, sie waren witzig und ich liebte den Singsang, in dem sie redeten. Meine Eltern waren begeistert und schickten mich zum Unterricht zu einer der italienischen Frauen. Die hatte jede Menge Bücher und Fotos über Ligurien, Sizilien, die Toskana … Alles sah so anders aus, farbenfroh, leichter, schöner. Italien wurde für mich zum großen Traum, zum Land der Sonne, das ich doch nie würde bereisen dürfen – La dolce vita."

Den Film kanntest du?

„Ja klar, Fellini kennt bei uns fast jeder. Glaubst du etwa, in der Ukraine gab's kein Kino? Wir liebten Filme und die Karten haben nur ein paar Kopeken gekostet. Die Kinos öffneten morgens um zehn und machten erst nach Mitternacht wieder zu."

Der testosterongeladene Kellner steuert unseren Tisch an.

„Haben die Signorine gewählt?"

Einmal Insalata und Pasta con Frutti di Mare, sage ich.

Ela schenkt dem Kellner ihre Aufmerksamkeit erst, nachdem er sie schon einen Moment angeschaut hat. Dann sagt sie, mit hauchzarter Stimme: „Das Gleiche für mich, bitte."

„Wünschen die Signorine etwas Wein?"

Ela lehnt ab, ich nehme ein Glas Pinot Grigio.

Du trinkst nie, sage ich, während ich dem Kellner hinterherstarre.

Er geht breitbeinig, siegessicher. Wegen eines Augenaufschlags. Was für ein Schauspiel.

„Nein, mir wird schlecht von Alkohol. Auch im Puff. Da habe ich mich immer in die Nähe von Blumentöpfen gesetzt, wir hatten da zwei Ecken mit Palmen, die tranken regelmäßig meinen Schampus."

Ela spricht entspannt, geradezu fröhlich.

„Ganz am Anfang hatte ich noch Cola bestellt, sehr komisch. Sekt kostete die Freier 40 Euro, eine Cola 1,50. Das hat mir der Chef dann sehr schnell verklickert. Ich wollte noch …"

Ela hält inne, schaut plötzlich zum Tresen. Der Schönling hinter der Bar hat eine neue CD eingelegt.

„The Best of Laura Pausini", flüstert sie. „Das vierte Lied ist mein absolutes Lieblingslied und er lässt es gleich als erstes spielen! Ich habe es bestimmt tausendmal gehört. Es heißt ‚Strani Amori'."

Sie lauscht und übersetzt leise:

„Da stehst du vor den Trümmern
betrogen von einer Liebe,
die so unendlich erschien.
Da stehst du vor diesem unendlich hohen Berg,
die Straße vor dir scheint endlos.
Einsam fühlst du dich.
Denkst, dass keiner dich hört, niemand deinen Schmerz
mit dir teilen will.
Schließe deine Augen, lass dich treiben!
Es ist schwer zu verstehen,
aber in den Tiefen deines Herzens
hast du die Antwort schon.
Manchmal weiß man nicht mehr,
welche Gefühle richtig sind und welche falsch.
Es ist das schlechte Gewissen, Fehler zu machen,
das dich aus dem Schlaf reißt.
Bleib, wie du bist, und folge deinem Schicksal.
Wie groß der Schmerz auch sein mag, den du ertragen musst,
er wird dich nicht von deinem Weg abbringen können.

Irgendwann wirst du entdecken, dass das zwischen uns
einmalig war.
Sieh in die Sterne und folge ihnen,
so, wie du deinem Herzen folgen solltest –
dort liegt dein Weg, auch wenn es schmerzt.
Schließ die Augen und lass dich treiben!
Flieg über die Schmerzen hinweg.
Der Planet deines Herzens wird dich nicht betrügen.
Öffne deine Arme,
bis du dein Glück, deine Hoffnung und Träume
wieder spüren kannst."

Ela schaut in den Raum und doch nirgendwohin, sie summt die Melodie eines Liedes, das längst verklungen ist. Ihr Gesicht ist entspannt. Warum sieht sie so anders aus heute? Ich suche nach Worten in meinem Beobachten. Das erste, das mir in den Sinn kommt, ist: Jugend.

Ela wirkt jünger als sonst, wie ein Mädchen, das frisch verliebt ist. Ein Teenager, versunken in grenzenloser Romantik. Die Liebe, das Leben, alles kann tragisch sein, doch am Ende, am Ende wird alles gut. Strani Amori. Die etwas andere Liebe.

Mit dem ersten Schritt in das italienische Restaurant hat Ela eine andere Welt betreten, die ihrer Jugend, die ihrer sehnlichsten Träume. Mir wird klar, dass ich näher als je zuvor an der Ela bin, die die Ukraine nie verlassen hat. An der jungen, unbeschwerten Ela, bevor alles passierte. An der Ela, die Vater und Mutter hatte und für die Flirten zum Leben gehörte wie der Streit mit Geschwistern. Diese Ela kenne ich kaum.

Ich möchte sie nach ihrer Mutter fragen, dem Vater, wie sie gelebt hat damals, und entscheide mich doch für eine sanfte Annäherung, eine, die ihr eine Entscheidungsmöglichkeit lässt. Reden oder Nichtreden.

Sag mal, wie stellt man sich in der Ukraine eigentlich Deutschland vor? Haben wir da einen guten oder einen schlechten Ruf?

„Na ja, einen sehr guten, würde ich sagen. Deutschland war in meiner Vorstellung immer ein reiches Land mit vollen Geschäften und vielen schönen Autos. Es gibt bei euch hübsche kleine Einfamilienhäuser und Fachwerkbauten, das konnte man auf Bildern und im Fernsehen sehen. In meiner Vorstellung herrschte überall im Land Ordnung. Deutsche sind gebildet, gut aussehend und kultiviert."

Wie kamst du darauf?

„Gute Frage. In der Schule haben wir gelernt, dass Katarina die Große zu ihrer Zeit als Zarin viele Deutsche nach Russland holte, dass sich so auch deutsche Handwerker in unserer Gegend niederließen und dass sie deutsche Tugenden mitbrachten: Ordnung, Disziplin, Strenge, Gehorsam, Loyalität und Effizienz. So werden die Deutschen bis heute gesehen, würde ich sagen. Deutsche genießen Respekt in Russland, und wenn man oft in Deutschland ist oder deutsche Freunde hat, wird man ebenfalls respektvoll betrachtet."

Wolltest du deshalb gern nach Deutschland?

„Vielleicht. Ja, sicher. Ich wollte auch einfach mal weg. Du weißt doch, wie das ist, wenn man nicht reisen kann. Deshalb wollte ich auch mit den Touristen in Jalta arbeiten. Ich wollte Menschen aus anderen Welten treffen."

Ela schaut wieder sehnsüchtig ins Nichts. „Als Kind", sagt sie dann, „als Kind bin ich immer zum Hafen gegangen, wir wohnten in der Nähe, und habe mir die Schiffe angeschaut und mir die abenteuerlichsten Geschichten ausgedacht, wer wohl darin reiste und was alles passieren würde. Ich habe gern gelesen damals. Über die Ägypter mit ihren Papyrusbooten, Columbus und wie er nach Amerika kam, über Afrikas Sklavenschiffe, Segelfregatten mit Goldschätzen, den Sonnengott Ra und sein Himmelsschiff und so weiter."

Warst du ein eher zurückhaltendes Mädchen?

Ela schaut mich verdutzt an und lacht dann schallend.

„Du kennst mich doch", sagt sie, „meine Mutter hat zwar alles versucht, um mich zu einer unkomplizierten, guten Partie zu machen, aber ich hab halt meinen Dickkopf. Sie reglementierte mich, wo sie konnte: Setz dich gerade hin, Kind. Iss nicht zu viel Salz, das zieht das Wasser und du bekommst Falten an den Oberschenkeln. Sie hat das wirklich gesagt. Das Wort Cellulite kannten wir damals nicht, das Problem sehr wohl. Sei höflich und entschuldige dich, tadelte sie mich immer wieder. Schlag dich nicht mit den Jungs auf dem Schulhof. Schweige, wenn Männer am Tisch reden. Ich verdarb ihr einige Familienfeiern, indem ich den Älteren widersprach und mich nicht entschuldigte."

Das hört sich nach Ärger an.

„Ja, davon gab's mehr, je älter ich wurde. In den sowjetischen Schulen war eine Schulkleidung vorgeschrieben. Weißes Hemd, blauer Anzug – Jacke und Rock oder Hose, dunkle Schuhe, lange Haare zum Zopf gebunden. Es sah total bescheuert aus, aber das war Pflicht. Jeden Morgen mussten wir auf dem Schulhof zum Fahnenappell antreten, dann gingen wir klassenweise ins Schulgebäude. Der Direktor stand an der Eingangstür und überprüfte unsere Uniformen. Da durfte es keinerlei modische Accessoires geben. Ich konnte es aber nicht lassen. An jenem berüchtigten Tag hatte ich mir ein paar Haarsträhnchen zu Schillerlocken gedreht und aus dem Zopf herausgenommen, außerdem trug ich weiße Stiefel. Es war nicht das erste

Mal, dass ich mich von den anderen unterschied, aber an diesem Tag rastete der Direktor total aus, rief mich ins Direktorenzimmer und ließ mir die Haare abschneiden.

Für mich brach eine Welt zusammen, ich weinte tagelang, wurde krank und kam erst nach einem Monat wieder zur Schule, weil ich die Demütigung kurzer Haare nicht ertragen konnte."

Ich stutze einen Moment.

Warum sind kurze Haare eine Demütigung?

Elas Mine nimmt ihre „Du-kannst-aber-auch-Fragen-stellen!"-Pose ein. Sie seufzt, bevor sie sagt: „Sollte ich etwa herumlaufen wie die sozialistischen Bauernmädels und die Wettbewerbssiegerinnen der Pionierorganisation? Die meisten Mädchen in unserer Gegend waren praktisch, strebsam und langweilig. Ich war anders, schon als Kind. Ich achtete stets auf meine Haltung, beim Gehen, beim Sitzen und natürlich beim Tanzen. Ich bewegte mich nicht wie ein Bäuerin, sondern wie eine echte Frau. Ich hatte schon mit fünf Ballettunterricht. Meine Lehrerin war Französin, die mochte ich sehr. Sie war um die 50, wunderschön. Sie bewegte sich so elegant, dass ich dachte: Das möchte ich auch können. Ihre Erscheinung war beeindruckend. Sie brachte uns elegante Bewegungen und die Spannung in der eigenen Haltung bei. Sie sagte immer: ‚Mädchen, ihr braucht mehr Grandezza, wenn ihr gut sein wollt.' Dafür bin ich ihr bis heute dankbar. Sie hat mir gezeigt, dass ich das Zeug zu mehr habe."

Ich zaudere wieder, ungläubig. Ela, die Primadonna aus dem Osten, die doch im Westen nie entdeckt wurde. Das ist mir etwas zu simpel, zu nah am Klischee. Und doch, die Fahnder und die Mitarbeiter der Hilfsorganisationen berichteten später ebenso kopfschüttelnd, dass so viele der Mädchen, die unfreiwillig in die Arme der Schlepper geraten, eine naive, romantisch-verklärte Sicht vom Leben im

Westen haben. Und dass viele von ihnen aus ganz normalem, bäuerlichem oder kleinbürgerlichem Hause kommen.

Also kann deine Mutter stolz auf dich sein?

Für eine Sekunde blitzen Elas Augen, dann senkt sie den Blick wieder. „Meine Mutter", sagt sie. Pause. Seufzer. „Meine Mutter war eine Bauerntochter, die für ihre Mädchen etwas Besseres wollte. Was weiß ich, wo sie das herhatte. Sie achtete stets darauf, dass wir gepflegt aussahen. Bei uns gehörte es sich einfach nicht, schlampig herumzulaufen. Mit fünf habe ich mit Messer und Gabel gegessen, und wenn ich mal mit dreckigen Fingernägeln an den Tisch kam, oh je, oh je. Jeden Morgen mussten wir 15 Minuten Gymnastik machen. Was habe ich sie dafür gehasst. Rumpfbeugen, Kniebeugen, Liegestütz. Das ganze Programm."

Ela kichert.

„Dazu wurde das Gesicht morgens mit Milch abgespült. Seit ich acht war, hat meine Mutter mir Gesichtsmasken angerührt, Smetana, ein Gebräu zwischen Quark und Joghurt mit Honig drin. Einmal die Woche rieb sie mich mit Olivenöl ein, das eine Stunde einziehen musste, und erst dann durfte ich duschen. Jeden Tag musste ich einen Liter Kräutertee trinken, die Kräuter dafür stellte sie immer selbst zusammen. Ich goss ihn weg, aber das bekam sie spitz, also trank ich das Zeug, Tag für Tag."

Das klingt anstrengend.

„Es war anstrengend. Irgendwie hatte meine Mutter immer nur unsere Heiratsfähigkeit im Kopf und dass ich mich in Schuss hielt für die potenziellen Schwiegersöhne, die da kommen. Das einzige Mal, das sie richtig stolz auf mich war, war als ich in Jalta als Werbeträgerin für ein neues Eis ausgesucht wurde. Da ist sie mir jubelnd um den Hals gefallen."

Und dein Vater?

Elas Antwort kommt schnell und unerwartet.

„Der ist tot und ich habe eine Riesensehnsucht nach ihm."

Das tut mir Leid.

Wann ist er gestorben?

„Als ich 17 war."

Woran?

„Sie sagten, er sei im Dienst getötet worden. Eines Tages rief meine Cousine an und sagte: ‚Dein Papa ist erschossen worden.' Ich habe das nie geglaubt. Es gab zwar eine Beerdigung mit Polizeichef und Bürgermeister und allem, aber niemand hat den Sarg geöffnet, obwohl es Tradition ist bei uns. In der Ukraine macht man ihn noch mal auf, weil wir den Toten etwas mitgeben auf ihren Weg und weil wir sie auch noch einmal berühren."

Elas Stimme ist plötzlich dünn. Ob sie je darüber gesprochen hat, seit es passiert ist?

„Ein oder zwei Jahre vorher hatte er mir erzählt, dass er ein sehr kurzes Leben haben würde."

Ela schaut mich nicht an, nicht den Kellner, der an unseren Tisch kommt, nicht den Salat oder die Pasta, die vor ihr aufgestellt werden. Als der Kellner verschwunden ist, sagt sie:

„Mein Vater und ich, wir waren sehr dick miteinander. Ich war seine große, seine älteste Tochter. Wir erzählten uns alles, zumindest dachte ich das. Kurz nachdem er mir gesagt hatte, er würde nicht lange leben, begann er zu trinken. Und er schwieg immer öfter. Es war, als würde er jeden Tag ein Stück verschwinden. Als er dann weg war, waren wir alle irgendwie weg."

Wie hat deine Mutter es aufgenommen?

„Die brach völlig zusammen. Ich regelte unsere Angelegenheiten, übernahm für eine Weile die Erziehung meiner kleinen Schwester. Mutter schwieg vor sich hin."

Bis du den Job in der Bar bekamst und deinen eigenen Weg gingst.

„Genau. Ich wollte raus aus alledem, ich wollte einfach das Leben genießen. Damals war ich absoluter Madonna-Fan, weißt du, ich wollte aussehen wie sie und versuchte, so zu gehen und zu tanzen wie sie."

Elas Stimme ist jetzt wieder leicht und schnell, ihr Gesicht ohne den Schauder schlechter Erinnerungen.

„Ich hatte alles von Madonna. Mein Onkel, der zur See fuhr und immer an internationalen Häfen anlegte, brachte es mir mit", erzählt sie. „Kannst du dir vorstellen, was es bei unseren Einheitsklamotten bedeutete, eine Strandtasche mit Madonnabild drauf zu haben? Ich war die Königin des Strandes. Aber das war nicht alles, ich kaufte mir von Onkels Geburtstagsgeld einen modischen Bikini und ein passendes Strandkleid mit farbgleichen Ohrringen in einem der Dollarshops, die es in der Stadt gab. Das war meine Strandausstattung.

In der Stadt, wenn wir schlenderten, trug ich Onkels Madonnabluse, weißt du, die weiße Bluse aus ihrer Anfangszeit, erinnerst du dich?"

Ich schüttle irritiert den Kopf.

„Die mit dem Gummibündchen, das man so halb über die Schultern zog, ganz kess. Und die unten nur bis zum Bauchnabel ging. Heute tragen das ja alle Mädchen, aber damals … Diese Bluse hatte ich als Einzige und war tierisch stolz drauf. Als ich nachts einmal zu meiner Großmutter ging und die Bluse anhatte, da überprüfte mich die Polizei auf der Straße. Ein Polizist auf dem Motorrad stoppte plötzlich neben mir und fragte nach meinem Ausweis, wir hatten immer einen Schulausweis bei uns zu tragen, den zeigte ich. Er meinte, ich wäre minderjährig, es sei zehn Uhr nachts und nicht angebracht, dass ich allein auf der Straße liefe. Er nahm mich mit und mein Bruder musste mich von der Polizeistation abholen. Ja, so war das." Sie lacht und schüttelt den Kopf.

Elas Sprünge sind brutal. Oder kommen sie mir nur so vor? Eben noch der tote Vater, jetzt ein sexy Blüschen und Madonna.

Die amerikanische Psychologin Grace Christ sagt über das Trauerverhalten von Teenagern, dass diese auf Umstehende gefühlskalt und teilnahmslos wirkten, weil sie zur Party anstatt zur Beerdigung wollten, dass sie sich abschotteten, egoistisch erschienen. Das habe nichts mit Härte zu tun, sondern sei eine ganz normale Reaktion in einem Alter, in dem Kinder sich plötzlich selbst entdecken und sich mit sich auseinander setzen müssen. Jugendliche, die so reagierten, würden trauern, indem sie erst recht lebten.

Mir wird klar, dass Ela in puncto Lebenslust noch immer jene Ela ist, die mit 18 ihr Elternhaus verließ. Kein Mitgefühl für sich selbst, unterwegs mit unbändiger Lebenswut, einen Haufen romantisch verklärter Träume im Gepäck.

So lebte Ela damals in Jalta.

So traf sie Marek.

So kam sie in den Puff und auch wieder heraus.

Lebenswut und ein Schuss Größenwahn.

Dieser Teil ihrer Persönlichkeit ist stehen geblieben, versackt im Morast der Ereignisse. Er bekam bislang nicht das Vertrauen, das nötig ist, damit ein Mensch sich selbst betrauern kann; bekam nicht die Lebensruhe, die nötig ist, damit ein Mensch eigene Fehler annehmen kann, ohne sich selbst zu hassen. Für Ela gibt es anscheinend nur Extreme. Leben oder Sterben. Leiden oder Flirten.

Trauern oder Feiern. Sie alle existieren gleichzeitig und nahezu unabhängig voneinander. Heute sehe ich zum ersten Mal, wie sie kommen und gehen. Eben noch leiden, jetzt wieder flirten.

„Hätten Sie vielleicht noch etwas Parmesan?" Ela sitzt wieder kerzengerade, auf der Vorderkante des Stuhls, den Rücken durchgedrückt, die Finger gespreizt. Der Kellner rauscht zum Tisch; noch bevor sie den Mund aufmachte, war er gestartet. „Aber sicher!" Er träufelt den Käse auf Elas Pasta.

„Mille grazie."

„Prego! Sie sprechen italienisch?"

„Ach, nur ein wenig." Der Charme der gespielten Unschuld funktioniert perfekt, ich warte darauf, dass der Kellner auf dem Boden zerfließt und durch den nächsten schmelzenden Kollegen ersetzt wird. Doch die drei halten sich wacker, sie geleiten uns wenig später zur Tür und schmettern uns ein „mille grazie!" und ein „buona sera!" hinterher. Einer sagt noch: „Con la speranza che ci vediamo." Auf dass er sie bald wiedersehen wird.

Die Jahre
im Schrank

Ela hat eine Nachricht, die sie mir nicht am Telefon erzählen will.

„Komm sofort!", sagt sie. Ich höre Freude hinter der Aufregung in ihrer Stimme.

Im rosa Kirchenasyl blühen die Kerzen.

„Meine Mutter kommt mich besuchen!", platzt es aus ihr heraus, noch bevor ich durch die Tür bin. „Kannst du mir helfen? Wir müssen ihr eine Einladung schreiben!"

Das ist toll. Ich freue mich für dich, sage ich. Sehr sogar.

Ich brauche ihre Passnummer, Adresse und Geburtsort, um auf dem Amt eine Einladung einzureichen, damit deine Mutter ein Visum bekommt.

Über Elas Gesicht läuft ein Schauder. Sie schaut mich entsetzt an. Warum will ich diese Dinge von ihr? Was bezwecke ich damit?

Wir können es auch zusammen machen, erkläre ich schnell. Dann kannst du das Formular selbst ausfüllen.

Sie ist beruhigt.

„Ich habe ihr erzählt, dass ich mir die Haare geschnitten habe, sie nicht mehr offen bis über die Hüften trage, sondern nur noch schulterlang."

Und, was hat sie gesagt?

„Sie sagte: Na ja, könnte auch gut aussehen." Ela verdreht die Augen.

Ich frage mich, ob sie weinen wird, wenn sie ihre Mutter vom Busbahnhof abholt. Wenn alles klappt, könnte es schon Weihnachten so weit sein. Selten habe ich Ela so friedlich versonnen gesehen wie in diesem Augenblick.

„Los, lass uns arbeiten", sagt sie dann aber plötzlich. „Ich brauche das Gefühl, etwas getan zu haben. Sonst bin ich zu nervös."

Okay. Aber ich brauche noch einen Moment, um mich zu konzentrieren. Wir sitzen und rauchen.

Du hast erzählt, wie du aus deiner Wohnung in Bostorf abgehauen bist, eine Stunde, bevor die Bodyguards zurückkommen sollten. Wohin bist du gegangen?

„Gerannt. Im Düsentempo. Zu Sascha. Den hatte ich in Bostorf bei den üblichen Besuchen unter Kumpels kennen gelernt. Er gehörte nicht zur Clique, war aber ein Landsmann. Er schien mir sehr sympathisch zu sein und ich dachte, dass ich ihm vertrauen könne. Er kam auch aus Jalta und seine Mutter kannte meine Mutter entfernt. Die Auswahl von Landsleuten war nicht groß in Bostorf, er war der Einzige, zu dem ich gehen konnte."

Und, wie hat er reagiert?

„Na ja, ich stand plötzlich vor seiner Tür, drei große Aldi-Tüten mit dem Nötigsten unter dem Arm, sagte: ‚Ich bin abgehauen und weiß nicht, wohin. Ich muss bei dir bleiben', und marschierte gleich in seine Wohnung. Ich muss so hilflos und panisch gewirkt haben, dass er mich aufnahm."

Für wie lange?

„Zwei Jahre."

Zwei Jahre?

„Ja. Obwohl seine Wohnung gegenüber vom Puff war, nicht sehr groß, aber okay. Eine Armee von Schutzengeln muss über uns gewacht haben, das sag ich dir. Gleich am nächsten Tag klingelte es an der Tür und drei Typen aus der Bar kamen herein. Sascha und ich hatten besprochen, alle Türen offen zu lassen und die Jalousien nicht runterzuziehen, weil wir keinen Verdacht aufkommen lassen wollten.

Als es klingelte, rannte ich leise ins Schlafzimmer und versteckte mich in einem Schrank. Da kamen sie auch schon hereingestürmt, Aufpasser, Türsteher und Fahrer – wie ein Polizeikommando benahmen die sich. Sie verteilten sich in den Zimmern und inspizierten alles. Sie stellten Sascha Fragen, machten abfällige Bemerkungen über das Stück Scheiße, das abgehauen war – sie meinten natürlich mich. Aber an das Vokabular hatte ich mich lange gewöhnt. Ich hörte Fetzen des Gesprächs in meinem Schrank."

Wie konnten sie dich in der kleinen Wohnung übersehen?

„Sie kontrollierten die Schränke nicht. Blöd, was?" Ela lacht schrill und unecht.

„Dabei raste mein Herz so schnell und der Puls schlug so laut, dass sie es draußen hören mussten. Nach ein paar Minuten im Schrank konnte ich nicht mehr atmen, etwas lag auf meinen Lungen und ich rang nach Luft. Mir war klar, dass ich in Panik verfiel, also versuchte ich, mich zu beruhigen: ‚Still, ganz still. Dann kommst du jetzt eben mit weniger Sauerstoff aus. Atme flach. Ela, ganz ruhig.' So sprach ich mir Mut zu.

Ich konzentrierte mich, hörte nichts mehr aus den Zimmern, sondern nur noch mein Blut rauschen und den Puls gegen meinen Hals schlagen, diese Schläge hallten im Kopf nach. Es war Schwerstarbeit. Ich bekam einen Schweißausbruch. Erst heiß, dann kalt, dann wieder heiß. Ich fühlte, wie der Schweiß mir unter den Achselhöhlen, meinen Rücken und Bauch hinunterlief.

‚Hauptsache es bildet sich keine Pfütze vor dem Schrank', dachte ich. ‚Ich werde sie nicht wegwischen können. Wenn ich die Schranktür öffne, werden sie es hören, aber wenn sie die Schweißpfütze vor dem Schrank sehen, dann werden sie auch wissen, dass ich hier drin bin.

Oh Gott, ich habe keinen Wischlappen mitgenommen. Jetzt bin ich verloren.'

Ich sag dir, wenn man solche Scheißangst hat, denkt man die absurdesten Sachen. Und macht sich immer noch mehr Angst. Ich weiß noch, wie ich unter mich tastete, um zu spüren, ob der Schweiß schon aus dem Schrank lief. Glück gehabt. Alles blieb trocken! Irgendwann schlug eine Tür zu."

Und Sascha, hatten sie ihn mitgenommen?

„Nein, erst blieb alles ganz still, aber dann hörte ich seine Stimme: ‚Sie sind weg.‘

Ich stieß die Schranktür auf und blieb zwischen den Hosen hocken. Jetzt konnte ich wieder atmen, mein Pulsschlag ging zurück. Sascha kam ins Schlafzimmer und wollte mich aus dem Schrank holen, doch ich konnte nicht raus, wollte nicht raus. ‚Leck mich. Mach doch, was du willst.‘ sagte er und ließ mich da hocken.

Die Kühlschranktür knallte zu, als er sich das Bier genommen hatte. Er war genau wie ich nahe eines Nervenzusammenbruchs. Wir hatten beide eine Höllenangst."

Du bist im Schrank sitzen geblieben?

„Nach einer Stunde im Schrank begann mein Rücken zu schmerzen. Ich stieg heraus, ging rüber zum Bett und schlief auf der Stelle ein. Ich träumte Grässliches, ein Traum, der mich seitdem verfolgt. Riesige schwarze Vögel fliegen durch diesen Traum, das Meer tobt und reißt mit seinen Fluten das Ufer weg, alle laufen, alle rennen und ich wundere mich. Ich suche etwas, doch habe ich vergessen, was es war. Ich will zurückgehen, doch überall sind schwarze Vögel – auf den Straßen, den Mauern, den Dächern, den Autos – alles schwarz. Ich versuche, sie zu verscheuchen, aber sie kreischen nur, lassen sich nicht fortjagen.

Wenn ich aufwache, fühle ich mich gerettet, aber nicht in Sicherheit. So wie damals: Ich habe den ganzen Puff und alle, die zur Clique gehören, herausgefordert. Das würde ein Nachspiel geben …"

Na, das Haus gegenüber des Puffs scheint in der Tat nicht das sicherste aller Verstecke zu sein.

„Ich hatte keine bessere Idee! Ich konnte in der Zeit immer nur bis zur nächsten Handlung denken, mehr war nicht drin. Als ich aus meinem Traum aufgewacht war und noch lange einfach so an die Decke gestarrt hatte, stand ich auf und ging ins Wohnzimmer, in dem Sascha bei einem Bier vor dem Fernseher saß.

Ich musste aufpassen, dass man mich im Fenster nicht sah, also ging ich in die Hocke.

,Na, gut geschlafen?', fragte er mich.

,Danke, dass du mich zugedeckt hast.'

,Du hast gezittert und mit den Zähnen geknirscht', meinte er.

,Ja, das mache ich in letzter Zeit. Ist mir früher nie passiert. Aber ich selbst habe mich noch nie knirschen hören. Hört es sich schlimm an?'

,Grausam, wie ein Baby, das schreit.'

,Na ja, musst ja nicht neben mir schlafen.'

,Aber im Nebenzimmer.'

,Wirst es überleben!'

,Muss ich wohl.' "

Du erinnerst dich sogar an diesen Dialog?

„Glasklar. Es war der Moment, an dem ich merkte, dass ich plötzlich einen Komplizen hatte."

War das denn überhaupt geheim zu halten, dass du bei ihm wohntest?

„Sicher war das kompliziert. Die Nachbarn wurden neugierig, denn plötzlich hatte Sascha Frauenunterwäsche auf der Leine hängen. Auch hatte er mehr Müll als sonst.

So erfand er seine Cousine Tanja aus Moskau, die auf Besuch war."

Ela macht eine Kunstpause.

„Im Grunde war diese Zeit wie ein spannender Kinothriller. Ich war die Doppelagentin, die er zu Hause versteckte."

Da ist sie wieder, Elas naiv-romantische Kälte. Der Verlust jeden Mitgefühls für sich selbst. In diesem Kino ist es nicht Ela, die zwei Jahre in Furcht und Bangen im Schrank lebt. Es ist Eli, die Nutte, die es heute nicht mehr gibt. Eli, die Nutte, der Ela gleichwohl nachts in ihren Träumen über den Weg läuft.

Verdiente Sascha genug Geld, dass er euch beide durchfüttern konnte?

„Schon, ich brauchte ja nicht viel. Er war gelernter Schlosser und neu in Deutschland. Er schlug sich mit den verschiedensten Jobs durch. Wenn er tagsüber unterwegs war, wartete ich zu Hause, kochte, putzte und sah fern."

Du bist nie rausgegangen?

„Nach einigen Wochen legte sich das ewige Drinnen-Sein auf mein Gemüt und es wurde auch körperlich sehr anstrengend. Mir wurde klar, dass ich raus musste, und ich fragte mich, wie ich das anstellen konnte. Vielleicht nachts? Doch Sascha hatte eine gute Idee, er kaufte mir eine Perücke und besorgte von Bekannten alte Sachen. So lief ich als Vogelscheuche verkleidet durch Bostorfs Straßen. Holte mir tagsüber Zigaretten, ging sogar in den Supermarkt ganz ‚normal' einkaufen. Mann, war das peinlich!"

Die Primadonna als Vogelscheuche. Ela lacht bei der Erinnerung, wieder mit falschem, kaltem Nachklang. Sie hätte so schön sein können und dann so was, Perücke und Lumpen. Auch so eine von den Geschichten, die sie ihrer Mutter nie wird erzählen können.

Was hast du sonst die ganze Zeit gemacht?

„Jeden Morgen gegen drei Uhr zogen wir beide los, um Zeitungen zu verteilen. Gegen sieben Uhr waren wir meist wieder zu Hause und frühstückten zusammen. Das war mein gesicherter täglicher Auslauf. Sascha ging oft danach los, um irgendwelche Jobs aufzureißen."

Hattest du da keine Angst mehr, dass sie dich erwischen?

„Doch, natürlich."

Was hast du gedacht in dieser Zeit?

„Weiß ich nicht mehr."

Versuch doch mal, dich zu erinnern.

„Geht nicht."

Jene Eli gibt es nicht mehr, die Ela von davor und die von danach haben beschlossen, dass sie sich solche Erinnerungen nicht leisten können.

Ich dränge sie nicht.

Machst du Kaffee?

„Ja, hast du denn noch Zeit?"

Klar, ich habe Zeit.

Ela steht auf und greift zum Kessel.

Und du warst wirklich zwei Jahre bei Sascha?

„Bis auf zwei Monate, die wohnte ich bei Tonio."

Tonio?

„Ja, Tonio. Der kam aus meinem Lieblingsland, aus Italien. Unsere Beziehung war etwas ganz Besonderes. Ich hatte ihn im Puff kennen gelernt und er war der Einzige, der erkannte, dass ich dort nicht hinpasste. Zweimal kam er normal als Kunde, beim dritten Mal ging er zwar mit mir aufs Zimmer, wollte aber nur reden – über mich. Er fragte, wie ich dorthin gekommen sei, warum ich nicht einfach wegginge, wenn es mir nicht gefiele. Er verliebte sich in mich und ich mich in ihn. Er kam bald danach jeden zweiten Tag."

Das wurde aber ein teures Unternehmen. Konnte er sich das leisten?

„Er hatte nur sein Kellnergehalt, aber er tat es. Ich mochte ihn mehr und mehr und erzählte ihm einiges von dem, was im Puff wirklich los war. Irgendwann erzählte ich ihm auch von meinen Fluchtplänen."

Wie reagierte er?

„Tonio machte mir Mut. Das fühlte sich gut an und gab mir Kraft. Er unterstützte mich und sagte, es wäre richtig wegzulaufen, er würde mir auch helfen."

Hat er sich daran gehalten?

„Ja, nach ein paar Monaten bei Sascha zog ich zu ihm."

Aber – ich denke du lebtest zwei Jahre bei Sascha.

„So war es letztlich auch.

Ich fuhr zu Tonio nach Berlin und alles schien wunderbar, wir waren verliebt. Was nicht heißt, dass es ohne Streit abging. Nur als mein Visum ablief – ich wusste ja, bis wann es ging, obwohl ich keinen Pass hatte –, da wurde er unruhig. Ich hatte es ihm auch ehrlich gesagt, es gab ja keinen Grund, ihn zu belügen. Als klar war, dass ich nun absolut illegal im Land lebte, da meinte er, ich könne nicht weiter bei ihm bleiben. Er müsse an seine Familie denken und das Geschäft …"

Sie schaut belanglos und sagt: „Ich verstand das natürlich."

Und dann bist du wieder zurück nach Bostorf gegangen?

„Ja."

Hattest du in Berlin keine neuen Kontakte geknüpft? Ehrlich, es kommt mir wie Wahnsinn vor, dass du wieder nach Bostorf gegangen bist und direkt gegenüber vom Puff gewohnt hast.

„Kontakte knüpfen, Leute kennen lernen? Bist du verrückt! Ich traute mich nicht mal auf die Straße, und wenn ich rausging, dann nur mit Tonio zusammen, aber der arbeitete von früh bis nachts. Es war die Zeit, in der ich mit einer Kanone unter dem Bettkissen schlief. Das ist kein Witz. Ich war überhaupt nicht in der Verfassung, mich auf etwas Neues einlassen zu können.

Kannst du dir vorstellen, wie man mit einer Waffe unter dem Kopfkissen schläft? Man wird langsam verrückt dabei. Und du fragst, ob ich neue Leute kennen gelernt habe!

Ich hatte keine Wahl, ich musste zurück.“

Ja, manchmal scheint es, als hätte man keine andere Wahl, sage ich, verabschiede mich von meinem logischen Denken und verstehe, dass es Situationen im Leben gibt, die viel größer sind als man selbst und in denen jeder nur sehr beschränkt handlungsfähig ist.

Lass uns eine Runde an die frische Luft gehen, spazieren, sage ich.

„Vorher noch eine Zigarette, okay?“

Die Zeit kriecht. Ela kämpft sich mühselig durch die Stunden der Tage. Wie lange noch bis zum Prozess? Wieder sollen es zwei Monate sein, das war doch vor drei Monaten schon so. Warum dauert es so lange?

Es ist eisig geworden in der Stadt, es weht ein trocken-kalter Winterwind. Die Geschäfte haben längst ihre Weihnachtsdekorationen ausgelegt, Weihnachtsmusik klingt aus den Läden und Kiosken, auf den Straßen.

Ela ist das alles ziemlich egal.

Ihre Mutter ruft nicht an, dabei wollte sie doch Weihnachten kommen.

Eine Bekannte aus den Frauenhaustagen tratscht über Ela, deshalb wirft sie diese Ukrainerin in einem Wutanfall kurzerhand raus.

Die Kälte des Lebens lastet schwer, ihr Körper scheint nach all den unerträglichen Schmerzen, die sie irgendwann zu ignorieren begann, beliebig geworden zu sein. Elas Herz ist eingefroren und sie will flüchten. Sie will vergessen, endlich vergessen, aber das geht nicht.

So wächst ihre Wut.

Wut auf alles, was war, was ist, was sein wird.

Eine Wut, die ihr alle Einsicht nimmt. Und alle Aussicht.

Wut schneidet ihr den Weg zu anderen ab.

Erst war es nur eine Mauer, die sie nach jedem vertrauten Moment schnurstracks wieder um sich herum aufbaute. Nun kommen wütende Angriffstruppen hinzu.

Der Zugang zu Ela wird immer schwieriger.

Es geht ihr schlecht in diesem langen, depressiven Winter, das ewige Warten und Nichtstun machen mürbe. Warten auf Mama, warten auf den Prozess. Ela beginnt, alles und jeden anzugreifen, der in ihre Nähe kommt. Es ist nur eine Frage der Zeit, bis ich ebenfalls zur Zielscheibe werde.

Ela malt, um sich abzulenken, aber auch, um sich zu finden. Ihre Bilder sind farbintensiv und voller Symbole. Sie malt ihre düsteren Träume. Der Versuch eines Weges nach außen. Sie zeigt mir die Bilder und wir sprechen darüber.

Als wir uns in einem Café treffen, fragt sie mich nach der Farbe für ihre Bilder. Ich hatte eine größere Bestellung von Farben und Papier bei einem Künstlerbedarf aufgegeben.

„Du hast mir gesagt, am Zehnten bekomme ich die Farbe."

„Nein, ich sagte: Ab dem Zehnten besteht die Möglichkeit, dass die Farbe geliefert wird."

„Du sagtest, am Zehnten."

„Nein, ganz bestimmt nicht."

„Ich bin doch nicht taub. Ich brauche die Farbe jetzt."

„Ja, aber ich kann das nicht ändern."

„Wie soll ich das nur schaffen ohne Farbe. Warum sagst du mir falsche Daten. Warum tust du mir das an?"

Vollkommen entgeistert über diese Eruption und die Vorwürfe an mich stehe ich ihr gegenüber und versuche, konstruktiv zu denken. Es muss doch Alternativen geben.

„Kannst du nicht mit Kreide malen?"

„Mit Kreide?!" Etwas Absurderes hätte mir nicht einfallen können.

Ela beginnt schneller zu atmen, wirft ihre Haare nach hinten, kramt nach Zigaretten in ihrer Tasche, viermal hintereinander zündet sie das Feuerzeug und inhaliert.

Sie tobt vor Wut, weil es nicht klappt.

Ich sehe, wie diese Panne zu einer mittelschweren Katastrophe wird, wie Elas Welten einstürzen. Sie regt sich mehr und mehr auf und ich finde keinen Weg, sie zu stoppen. In ihrer Vorstellung habe ich sie belogen, vergessen, missbraucht: Wer weiß, was ich mit der Farbe oder ihrem Geld für die Farbe getan habe. Habe ich mir nicht unlängst einen neuen Pullover gekauft? All das implizieren ihre Blicke und Gesten.

Ich möchte sie anschreien und fragen, ob sie noch alle Tassen im Schrank hat, aber das würde ihre Wut nur nach innen kehren und ein Gespräch zwischen uns unmöglich machen.

Hass blitzt in ihren Augen, direkt in die meinen hinein.

Ela, es geht doch nur um Farbe, will ich sagen. Doch langsam begreife ich, dass es um etwas ganz anderes geht.

In ihrem persönlichen Gefängnis unterwegs reagiert Ela auf eine Bedrohung, die ich nicht sehen kann. Nur sie sieht die aufkommende Gefahr. Eine Gefahr, die stets unerwartet hereinbricht. Ausgehend von Menschen, denen man eigentlich trauen will, aber nicht trauen darf.

Für Ela gehöre ich abwechselnd zu den Bösen oder den Guten dieser Welt, zu ihren Feinden oder Freunden. Je nachdem, was sie aushalten kann.

Heute bin ich also böse.

„Wie konntest du ihr nur trauen", hallt es in den Gängen ihres inneren Gefängnisses wider, die Schließer der Zellen lachen sie aus, wieder ist sie drauf reingefallen – niemand wird gut sein, jeder tut nur so. Ela spürt die Gefahr, sie ist lebensbedrohlich. Sie muss zurückschlagen.

„Also, du Schlampe! Gib die Farbe raus oder ich mache dich fertig. Verarschen lasse ich mich nicht."

Hat sie das gesagt?

Ela, ich will dir nichts Böses, hör auf!

Doch Ela kann nicht aufhören.

Wütend auf alles rauscht sie zur Tür hinaus.

Ich bin fassungslos.

Bis früh um fünf läuft mein Fernseher, ich kann nicht einschlafen.

Ihr Schreckgespenst hat mich hypnotisiert.

Vormittags klingelt das Telefon. Mit grober Stimme sagt sie: „Ich muss mit dir reden. Morgen."

„Ich kann morgen nicht."

„Dann übermorgen."

„Was ist los?"

„Nichts!"

„Du klingst, als wäre Weltuntergang."

„Ja, nur dass du es weißt, seit sieben Jahren schon habe ich Weltuntergang", sagt sie vorwurfsvoll.

„Ich kann heute."

„Nein – nicht heute."

Wird sie sich etwas antun bis übermorgen, kann man es verhindern?

Wir verabreden uns für übermorgen.

Eine Grundunruhe bleibt mir und am Abend kommen wieder die Gedanken.

Warum, frage ich mich, warum hat Ela nie auch nur im Entferntesten daran gedacht, sich von einer Therapeutin helfen zu lassen? Die Leute vom „Weißen Ring" hatten es ihr angeboten. Ich habe ihr mehrfach von den Möglichkeiten solcher Therapien erzählt. Doch sie hat sich stets geweigert, ihre Wunden als Verletzungen zu betrachten. Verletzungen, die tief und schmerzhaft sind – aber heilbar.

„Es ist doch lang genug her. Ich muss nur wollen, dann wird mein Leben wieder normal werden, ich muss nur positiv denken und an mich glauben, dann werde ich alles schaffen, was ich will", sagt sie wieder. „Ich bin nicht krank. Ich brauche keine endlose Zeit der Heilung. Es ist einfach etwas Unschönes passiert, und wenn man will, kann man das überwinden."

Ela will alles allein schaffen.

Alles, bloß sich nicht helfen lassen. Das könnte in Enttäuschung enden und noch eine Enttäuschung mehr, auch wenn es die kleinste ist, das scheint zu viel, untragbar, das sichere Ende, der Tod.

Liegt es daran, dass Ela jede liebevolle Geste von außen als heimtückischen Angriff auf sich versteht? Dass sie sich nie die Chance gibt, auch mal eine gute Erfahrung zu machen? Sie schlägt Zuvorkommenheit, insbesondere die anderer Frauen, mit einer Vehemenz aus, die mich oft nachdenklich stimmt. Und die Ela sehr einsam macht. Nach ihrem Anruf trafen wir uns. Ich war auf einiges vorbereitet. Doch wir gingen spazieren wie immer, tranken Kaffee, redeten über dies und das, als wäre nichts vorgefallen. Da erzählte sie mir auch diese Geschichte aus der Kirche. Eine Angestellte hatte in der Gemeinschaftswaschküche bemerkt, dass Ela ihre Sachen direkt unter ein tropfendes Rohr gestellt hatte und rückte den Ständer ein paar Meter zur Seite. Als Ela das sah, ging sie mit erhobener Stimme auf die Frau los. Wenn sie ein Problem mit Ela oder ihren nassen Klamotten hätte, solle sie den Mund aufmachen und nicht hinter ihrem Rücken Intrigen spinnen oder gar ihre Wäsche umstellen!

Sie erzählte die Anekdote mit einiger Ironie, doch ihre Stimme verriet, wie anstrengend dieses Leben für sie ist. Ein Leben, in dem alle nur eines im Sinn haben: an ihrem Tun etwas zu kritisieren, Fehler herauszupicken und sie schlecht zu machen.

Ela will perfekt sein. Sie gibt sich solche Mühe, aber es klappt nicht. Nie liegt die Tischdecke den ganzen Tag im rechten Winkel zur Tischkante, so, wie sie sie morgens zurechtlegte. Immer gibt es irgendwo Staub in ihrem Zimmer und die Gardinen werden einfach nicht mehr blütenweiß. Ihre Klamotten, die sie sich mühsam während der Schlussverkäufe für wenig Geld gekauft hat, sitzen nie perfekt. Nichts klappt. Das ist furchtbar, denn, weil sie nicht vollkommen sein kann, ist sie in ihren Augen nichts wert. „Ich bin eine von diesen typischen Versagerinnen, die es nie zu etwas bringen werden", sagte sie einmal zu mir. „Alles in meinem Leben ist ein Beweis dafür, dass meine Mutter Recht behält."

Einmal hat Ela eines unserer Treffen verschoben und ist eine Stunde zurück nach Hause gefahren, weil sie ihre Ohrringe vergessen hatte. Einmal hatte sie drei Stunden saubere Wäsche gewaschen, bevor ich zu Besuch kam. All diese Bilder schwirren an jenem Abend durch meinen Kopf. Auch die Erinnerung daran, wie ihr Misstrauen ihr einmal den Weg in eine bessere Zukunft so markant versperrte, dass es mir für ein paar Tage die Sprache verschlug.

Ich hatte von einer Ausbildungsstelle an einem privaten Kosmetikinstitut gehört und dem Besitzer von Ela erzählt. Er erklärte sich gern bereit, eine Ausländerin auszubilden, unter einer Bedingung: Ela sollte sich vertraglich zu einer nachfolgenden Festanstellung für zwei Jahre verpflichten, damit sich für den Ausbilder die Bezahlung ihrer Lehrzeit lohnte. Das klang gut, also fuhren wir hin.

In den Räumen der Schönheitsfarm spielte leise, meditative Musik, als wir eintraten. Der Chef und seine Vertreterin begrüßten uns freundlich, zeigten uns alle Räume, erklärten das Profil der Farm.

Ela war begeistert. Natürlich gab es viele formale Fragen bezüglich ihres Status zu klären, vielleicht müsste man eine Sondergenehmigung erwirken – aber das würde sich finden, dieser Ausbildungsplatz war wie gemacht für Ela. Sie verließ das Institut voller Euphorie. Nette Leute, direkt am See gelegen, normale Arbeitszeiten und vor allem: die Chance auf einen Neuanfang. Ganz real, zum Greifen nah. Sie strahlte mich an, fast fassungslos. Vor lauter Freude genehmigten wir uns auf der sonnigen Terrasse des Hotels, das zu der Beauty-Farm gehörte, ein gutes Essen. So viel Glück!

Keine zwei Tage später jedoch hatte es sich in eine Verschwörung verwandelt.

„Ich traue dem Frieden nicht", sagte Ela mir am Telefon. „Die machen doch dort Massagen?"

Ja, Massagen, Kosmetik, Wellnessprogramme, Ernährungsberatung. Da kann man viel lernen.

„Warum gehört ein Hotel dazu?"

Weil die Kunden einige Tage bleiben, um sich rundum erholen zu können. Das ist eine gängige Form, es gibt viele Schönheitsfarmen mit Hotelanschluss. Das ist für beide Unternehmen von Vorteil.

„Das glaube ich nicht. Der Mann dort kam mir auch sehr eigenartig vor. Und, warum wollen sie wohl eine Ausländerin?"

Weil sie einer Ausländerin eine Chance geben wollen. Ist doch gut oder?

„Nein, ich will nicht. Das stimmt dort alles nicht."

Wie bitte?

„Nein, da stimmt was nicht. Ich habe ein ganz schlechtes Gefühl, wenn ich daran denke, und auch meine Träume haben mir keine guten Zeichen gegeben. Ganz im Gegenteil."

Was ist mit deinen Träumen?

„Frag mich nicht. Ich will da nicht mehr hin. Kannst du für mich absagen?"

Ich versuchte es noch eine Weile, doch Elas Entscheidung war gefallen: Die wollten ihr nichts Gutes, basta.

Ich sagte ab, schweren Herzens.

Diese Ausbildungsmöglichkeit war ein Versuch, der auch schief gehen hätte können. Denn erst seit diesem Jahr finden gemeinsame Bemühungen der Polizei, der Sozialarbeiter und der Ausländerbehörden statt, Mädchen in Elas Situation die Chance einer Sozialisierung zu geben. Sie nutzen jede Gesetzesmöglichkeit, jedes Schlupfloch zwischen den Paragraphen, um ihnen wenigsten für eine kurze Zeit Arbeit zu vermitteln.

In Elas Fall waren alle enttäuscht, die Mitarbeiter der Farm, ich, Ela, doch es war nicht zu ändern. Ela sah Feinden ins Auge, die erst aus ihrem Leben vertrieben werden müssen, bevor sie frei handeln kann. Eine Therapie kam für sie gleichwohl nicht in Frage.

Es erscheint mir logisch und zugleich paradox. Wie kann man Menschen wie Ela helfen, wenn sie nicht das Vertrauen fassen können, sich helfen zu lassen.

Der Prozess

Elas Mutter kommt nicht zu Weihnachten, nicht zum neuen Jahr und auch nicht zu Ostern. Ela bleibt während all dieser Feste allein und begreift, dass sie eine neue Dimension des Alleinseins betreten hat. Begreift, dass es nicht darum geht, dass die Mutter nicht kommen kann, auch wenn sie sagt, es läge nur an der vielen Arbeit und den organisatorischen Problemen bei der Besorgung eines neuen Auslandspasses. Ela begreift, das sind nur vorgeschobene Gründe. Ihre Mutter versteht nicht, warum die Tochter nie zu Hause vorbeischaute. Nach sieben Jahren müsste man das als Mutter wohl erwarten können. Dass Ela nicht reisen darf und auch zu viel Angst hat, die Menschenhändler in Jalta zu treffen, kann sie der Mutter nicht erzählen. Etikette und Schweigen münden in tiefe Enttäuschung auf beiden Seiten. Und für Ela in eine neue, noch bodenlose Einsamkeit.

Die seelische Verwaisung ist ihr anzusehen. Sie hat doch Recht gehabt: Man ist ganz allein auf der Welt. Siehst du! Manchmal sieht sie jetzt aus wie eine Magersüchtige, essen ist Lust, Genuss, Lebensfreude – Gefühle, die nicht mehr zu Elas Repertoire gehören. „Ostern und Weihnachten sind beknackte Feste für normale Menschen, die nicht merken, wie sie vom System verarscht werden", sagt sie.

An einem Abend Ende Februar gibt es eine kleine Ablenkung, da besucht ER sie und sie bestellen sich ein Festmahl beim Chinesen, das in Pappbechern, Alufolie und Plastikbeuteln vorbeigebracht wird. Dann sehen sie sich zusammen das Sonntagsfernsehprogramm an und verabschieden sich wieder.

„Es war eine schöne Abwechslung und näher wollte ich IHM auch gar nicht sein", sagt Ela. „Ostern habe ich mich verkrochen. Ich war so wütend auf alles, aber das kannst du sowieso nicht verstehen."

Wie verbringst du im Moment deine Zeit, frage ich.

„Lesen, Fernsehen. Eine Nacht ist wie die andere, was soll's. Interessiert doch keinen. Ist auch nicht weiter schlimm."

Elas häufigster Satz in diesem Frühjahr: „Interessiert doch keinen, ist auch nicht weiter schlimm." Immer weniger lässt sie an sich heran, sie will nicht mehr wegfahren, nicht mehr ausgehen. „Keine Lust", antwortet sie auf jeden Vorschlag, die Malerei liegt brach und überhaupt: „Interessiert doch sowieso keinen."

Elas Prozess kommt nicht zu Weihnachten, nicht zum neuen Jahr, aber kurz nach Ostern. Die Bäume tragen schon die ersten Knospen, als Elas Handy klingelt und sie ihre Anwältin sagen hört: „Es steht jetzt fest. Übermorgen um acht Uhr geht es los. Der Personenschutz holt dich ab."

Nach vier Jahren ist es so weit. Endlich.

Ela hat zu lange gewartet, um noch offen und direkt reagieren zu können. Sie hat das Szenario hunderttausendmal durchgespielt in ihrem Kopf, jetzt ist es genug.

„Ich denke nicht darüber nach, wie es wird", erklärt sie mir. „Was kommt, muss kommen. Alles, was ich tun konnte, habe ich getan. Jetzt nimmt das Schicksal seinen Lauf. Die Sterne stehen gut."

Jeder, der sie oder ihre Situation kennt, weiß: Nun beginnt die schwerste Zeit.

Jeder, ausgenommen Ela. Sie gibt sich überlegen, eine, die alles im Griff hat. Erwartungen, Spannungen, Angst? Für solche Sentimentalitäten hat Ela keine Zeit. Jetzt kommt es darauf an, dass sie stark ist. Jeder kann sie verraten mit Falschaussagen oder der Verweigerung von Aussagen.

Von ursprünglich zehn Zeugen, die für sie aussagen sollten, werden nur drei erscheinen. Die anderen leben nicht mehr in Deutschland oder haben schon im Vorfeld klar und deutlich zu verstehen gegeben, dass sie nichts mit diesem Milieu zu tun haben wollen. Die Verteidigung wird zehn Zeugen aufbringen.

Am ersten Verhandlungstag sitzt Ela mit vier Bodyguards – dieses Mal sind es Polizisten – im zinnoberroten Kleinbus und wartet auf den Funkspruch, der ihre Abfahrt genehmigt. Zwei Stunden wartet sie, zusammen mit den Polizisten, während im Landgericht erstmals drei Männer, die Ela sehr genau kennt, Saal Nr. 2 betreten.

Die Anklage wird verlesen: schwerer Menschenhandel, Beihilfe zur Prostitution und Körperverletzung. Die Angeklagten: Wadim D. aus der Ukraine und die beiden Deutschen, Uwe Z. und Michael G.

Die Anwälte der Männer stellen gleich zu Beginn zahlreiche Aussetzungs- und Unterbrechungsanträge – formale Fragen, die sie jedoch Zeit gewinnen lassen.

Die große Kammer des Landesgerichts muss den Anträgen nachgehen, erst danach kann weiter verhandelt werden. Das hohe Gericht verkündet: Fortsetzung des Prozesses in einer Woche.

Ela steigt aus dem Kleinbus, ohne je losgefahren zu sein. Nach sieben Jahren beginnt auch der Prozess mit einem vermeintlich vertrauten Zustand: Warten.

„Na und, auf die paar Tage kommt es jetzt auch nicht mehr an", sagt sie trotzig, als ich sie am Abend besuche.

Hast du eine Strategie, um durch diese schwere Zeit zu kommen?

„Was für eine Strategie?" Wieder habe ich das Undenkbarste von allen möglichen Undenkbarkeiten gefragt.

Liest du ein spannendes Buch, um dich abzulenken, fährst du irgendwohin, betest du abends, bevor du schläfst, zähle ich auf. In so einem schweren Moment überlegt man sich doch, wie man sich helfen kann, wer einem helfen kann.

Elas Blick ist eiskalt.

„Wer oder was soll mir jetzt helfen. Alle sagen nur: ‚Du machst das schon.' Und wenn es gut geht, werden sie sagen: ‚Haben wir doch gewusst.' Und wenn es schief geht, werden sie sagen: ‚Na ja, war ja auch zu erwarten.' Ich bin allein, keiner weiß, wie es in mir aussieht, und keiner kann mir helfen. Was soll ich dir groß erzählen – so ist es eben."

Ela ist einsamer denn je, umzingelt von ihren Mauern und Schutztruppen. Ich könnte auch in Timbuktu sitzen, der Abstand zwischen uns würde nicht größer sein. Ihre Augen sind leer, abwesend.

Möchtest du heute Abend ausgehen?

„Nein."

Sollen wir morgen um den Halensee spazieren?

„Glaub bloß nicht, dass du meine Retterin bist."

Granit.

In solchen Momenten half ihr oft das Gefühl, nützlich zu sein, also schlage ich vor: Lass uns ein wenig arbeiten.

Sie schaut auf, sagt erleichtert: „Gern. Frag mich."

Wie bist du nach der Zeit bei Sascha zur Polizei gekommen? Warum bist du überhaupt hingegangen, nach dem Schock auf der Bostorfer Wache?

„Ja, das war so was. Je länger ich bei Sascha lebte, desto klarer wurde, dass das nicht ewig gehen konnte."

Ela zündet sich eine Zigarette an.

„Sascha hatte eine gute Freundin, die wir nach einigen Monaten einweihten. Sie besuchte uns öfter und brachte mir immer wieder neue Kleidung mit. Ich bat sie, mir Bücher mitzubringen, und begann, deutsch zu lernen. Sie war wirklich zuverlässig und sie bestärkte mich darin, zur Polizei zu gehen und dort meine Geschichte zu erzählen."

Also bist eines Tages hingegangen?

„Nein, nicht sofort, nicht in Bostorf. Ich war ja überzeugt, dass die Bostorfer Polizei im Rotlichtgeschäft heftig mit drinhing, deshalb traute ich den Bullen nicht. Sie machte den Vorschlag, dass ich mich in Berlin der Polizei stelle. Aber ich hatte Schiss, wegen meines abgelaufenen Visums."

Ja, so gesehen hattest du dich strafbar gemacht.

„Genau. Und abgeschoben werden, zurück nach Jalta? Da wäre ich gleich wieder aufgegriffen worden. Ich überlegte, immer wieder. Bis mein Leben unter Perücken und in Verstecken einfach nicht mehr auszuhalten war. Ihr habt doch so ein schönes Wort im Deutschen: Leidensfähigkeit. Die war bei mir am Ende. Also setzte ich alles auf eine Karte und sagte aus. Es war nicht leicht, aber letztlich ein Befreiungsschlag."

Und die Beamten waren nicht korrupt?

„Nein, sie nahmen mich ins Opferschutzprogramm."

Wir sitzen einen Moment schweigend. Da wir bislang Phantasienamen benutzten, auch, damit Ela sich nicht durch zu viel Informationsweitergabe strafbar macht, kann ich die drei Angeklagten nun nicht zuordnen. Ich frage also:

Ist Wadim D. Marek?

„Nein, er ist nicht Marek."

Wer ist er dann?

„Ich habe doch gesagt, er ist nicht Marek!"

Elas Stimme ist schlagartig tonlos und sehr eindeutig.

Ich verstehe: Hier nicht. Frageverbot. Schweigegebot.

Dass ich die Details ihrer Erzählungen tatsächlich einmal zusammenfügen und so ein kompletteres Bild entstehen würde, dass sie mir damit nicht nur einzelne Szenen, sondern ihre gesamte Leidensgeschichte erzählt hat, diese Wahrheit steht plötzlich schonungslos und sperrig in ihrem kleinen rosa Zimmer.

Ela erschaudert ob der Erkenntnis. Sie blickt in ihrer Geschichte schließlich selbst kaum durch. Wie sollen dann andere sie verstehen? Andere wollen doch sowieso nicht verstehen!

Ela, wir können jederzeit abbrechen, sage ich. Wir hatten gleich im ersten Interview verabredet, dass sie stets aussteigen kann aus dem Projekt, im Zweifel auch ohne Begründung. Im Laufe der zwei Jahre hatte sie sich mehrfach überlegt, ob sie noch weitermachen will.

„Ich weiß", sagt sie.

Wir zünden uns Zigaretten an.

Ela zieht die rosa Tischdecke gerade.

Unser Inhalieren klingt laut.

„Sieben Jahre habe ich auf diesen Tag gewartet", sagt sie irgendwann, leise. „Jetzt sollen sie mir zurückgeben, was sie mir genommen haben."

Trotz und Größenwahn haben Ela geholfen auszubrechen, nun helfen sie ihr noch einmal, Peinigerin ihrer Peiniger zu werden. Sie wird mehr als Coolness dafür brauchen, doch was, das weiß sie selbst nicht. Sie wird es im entscheidenden Moment haben oder nicht.

„Meine Gefühle sind doch nicht gefragt", sagt sie dann, schon wieder etwas lauter. „Ich habe Angst, dass ich plötzlich krank werde oder mir etwas breche. Was dann? Zeugenaussage der Nebenklägerin fällt wegen Krankheit aus? Das darf unter gar keinen Umständen passieren."

Sie atmet tief ein und sieht mir direkt in die Augen. „Soll ich anfangen zu heulen oder kotzen? Du hast doch auch keine Ahnung, was passieren wird!"

Was bleibt mir anderes, als zu nicken.

Wir rauchen noch eine letzte Zigarette, dann fahre ich nach Hause. Acht Uhr morgens steht Ela an einer Kreuzung, etwa zwei Kilometer von der Kirche entfernt. Sie wartet auf den Personenschutz. Auch der bekommt nur in besonderen Fällen die Adresse der Zeugen genannt. In Elas Fall bleibt sie geheim.

Es ist ein grimmiger, wolkenverhangener Morgen, an dem der Prozess fortgesetzt wird. Ela steigt in den neuen Kleinbus, während die Beamten drinnen guter Stimmung sind und sich amüsieren.

Sie erzählt die Szene noch am selben Abend: „Da fragen die mich: ‚Junge Frau, sie haben doch nichts dagegen, wenn wir uns ein paar Ausländerwitze erzählen?'

Ich sage: ‚Nein, natürlich nicht.' Ich kenne sowieso alle Kalauer, die da die Runde machen. ‚Kann ich rauchen?' frage ich im Gegenzug. ‚Sicher', sagen sie und ich setze mich hin."

Ela ergibt sich ihrem Schicksal.

Ihr Name, ihre Nationalität, ihr Geburtsdatum? Daran erinnert sie sich noch, aber alles andere überschlägt sich in ihr zu einem Gedankenwirrwarr. Bloß nicht nachdenken! Sie hat zwei Schachteln Zigaretten, drei trockene Brötchen und eine große Thermoskanne Kaffee eingepackt.

„Da muss ich durch und das werde ich schaffen."

Ihre „Bodyguards", also der Opferschutz der Polizei, sind sichtbar bewaffnet. Vier Beamte sind auch heute für sie im Einsatz. Zwei Polizisten, die sie von den Angeklagten abriegeln sollen, und zwei, die sich schützend zwischen sie und die Besucher des Prozesses stellen werden. So fordert es das Protokoll und so hoch schätzt das LKA die Bedrohung ihrer Person ein.

Die Große Kammer tagt in einem der bedeutenderen Säle, da das Gericht von höherem Publikumsinteresse ausgeht. Warum hatte Ela geglaubt, die Verhandlung sei nicht öffentlich? Hatte sie das wie selbstverständlich angenommen und deshalb nie gefragt? Sie versucht, nicht ins Publikum zu schauen. Rund dreißig Besucher sind gekommen, für das kleine Landgericht eine beträchtliche Zahl. Derart spektakuläre Fälle werden hier selten verhandelt. Die Pressemitteilung des Gerichts hat einige Zeitungen neugierig gemacht. Da sind Sozialarbeiterinnen aus der Umgebung, die einen Bordellprozess hautnah miterleben wollen, um künftigen Aussteigerinnen sachkundig erzählen zu können, wie ein solcher Spießrutenlauf aussieht. Ein paar Schaulustige aus Bostorf, die zur Clique gehörten, sind auch da.

Der Saal wirkt wie ein übergroßes Klassenzimmer. Ela wird zur Mitte geführt, nimmt auf einem blau gepolsterten Holzstuhl mit Armlehnen Platz. Ihr Rücken zum Publikum, das Gesicht zum Hohen Gericht, linker Hand ihre Anwältin und der Staatsanwalt, rechter Hand die Angeklagten mit ihren Anwälten. Ela muss für alle Juristen und das Gericht sichtbar sein. Der Dolmetscher sitzt hinter ihr.

Auf dem Podest thront das Gericht. Zwei Schöffen, drei Richter im schwarzen Talar.

Noch während sie ihren Stuhl zurechtrückt, werden russische Wortbrocken aus dem Publikum in ihre Richtung geschleudert. „Fotze" gehört dabei noch zu den kultiviertesten Äußerungen. Die Angeklagten lachen hämisch und einige Besucher unterstützen sie.

Der Richter verbietet weitere Äußerungen der Angeklagten und Besucher. Bei Nichteinhaltung dieses Gebots würden sie des Saales verwiesen.

Ela ist angekommen, in beidem – der Arena ihrer Alpträume, dem Forum ihrer Befreiung. So hofft sie und sitzt kerzengerade.

Hinter ihr im Saal die lauernde und teilweise feindliche Stimmung des Publikums. Rechts von ihr Wadim, der Landsmann und Zuhälter, daneben Uwe und Michael, die zum Personal des Puffs gehörten.

Zwei Stunden vergehen, in denen Ela ihre Geschichte erzählt. In denen die Angeklagten ihr zuhören müssen. Auch Wadim.

Ich frage mich, ob Wadim wohl Marek ist.

Als Ela bei der Vergewaltigung ankommt, sich vorsichtig daran wagt zu erzählen, beantragt Wadims Verteidiger eine Unterbrechung der Verhandlung, weil sein Mandant Atemprobleme auf Grund seines sichtbar geschwollenen Halses hat. Dem Antrag wird stattgegeben, der Verhandlungstag für beendet erklärt. Kaum verlassen die drei Richter und zwei Schöffen den Saal, beginnen wieder die Beschimpfungen der aus Bostorf angereisten Clique.

Ohne Personenschutz würde Ela nicht heil nach Hause kommen. Sie wird von den Beamten zum Kleinbus geführt und über einige Umwege in ihr Viertel gebracht.

Am nächsten Tag berichten Gerichtsreporter der verschiedenen regionalen Tageszeitungen vom Bostorfer Bordellprozess: „Ela S., die dreißigjährige Ukrainerin, die in Bostorf zur Prostitution gezwungen worden sein soll, wurde gestern im Landgericht vernommen. Die Staatsanwaltschaft baut ihre Anklage wegen schweren Menschenhandels und Zuhälterei auf den Aussagen der Ukrainerin auf.

Ela S. soll Mitte der neunziger Jahre durch Wadim D. in der Ukraine angeworben worden sein, um als Bedienung in einem Lokal in Deutschland zu arbeiten. Allerdings musste sie nach eigenem Bekunden unfreiwillig im ‚Red Bird' in Bostorf Freier bedienen. Der Angeklagte Wadim D. habe ihr gesagt, würde sie es nicht tun, ließe man sie ‚in einem Kanal verschwinden'. Falls sie auf den Gedanken käme, zurück in die Ukraine zu fliehen, solle sie das ruhig versuchen, denn dort hätten seine Freunde schon ein Kreuz für sie und ihre Familie aufgestellt.

Die insgesamt drei Angeklagten – neben Wadim D. stehen zwei Mitarbeiter des Lokales vor Gericht – wurden gestern noch nicht vernommen. Der Prozess wurde auf Antrag der Verteidigung während der Aussage von Ela S. wegen gesundheitlicher Probleme eines Angeklagten abgebrochen.

Nach Angaben der örtlichen Frauenberatungsstelle sollen derzeit in der Region rund 300 Prostituierte in 38 illegalen Bordellen tätig sein. Dazu kämen etwa 3000 Wohnungsprostituierte. Man könne davon ausgehen, so die Beratungsstelle, dass die meisten wie Ela S. zur Prostitution gezwungen würden."

Am Morgen des zweiten Verhandlungstags verschläft Ela. Sie ist außer sich. Wie konnte das passieren! Sie ist erst gegen fünf Uhr morgens eingeschlafen. Ein Teil von ihr, so scheint es, wehrt sich gegen diesen Prozess.

Hektisch zieht sie sich an, schminkt sich mit zitternden Händen. Den dünnen feinen Lidstrich kann sie heute vergessen. Ihre Sachen hat sie schon gestern Abend sorgsam über den Sessel gelegt. Ganz in schwarz, enger Pullover, weite Hose und Pumps.

Ela hetzt zum Kleinbus. Sie schaffen es gerade noch zum Verhandlungsbeginn.

Heute muss sie das Schlimmste, das Intimste und das Unglaubwür-

digste erzählen: Vergewaltigung, wie sie gezwungen wurde, anzuschaffen, wie es zu ihrer Flucht kam, wie die Flucht aussah.
Nach über sieben Jahren wird man sie minutiös zu all dem Vorge-
fallenen befragen. Heute ist eine Psychologin zu ihrer Sicherheit im
Landgericht, neben den vier Polizisten. Das Protokoll weiß offenbar,
durch welche Hölle Ela heute gehen wird.

Die Gelassenheit des Vortags, Ela hat sie unterwegs verloren. Die
feindliche Atmosphäre im Saal dringt durch ihre Mauer. Sie spürt
körperliche Angst, sie hat Schweißausbrüche, Kälteschauer. Ela ist
übel. Doch es gibt kein Zurück, sie wird heute aussagen.

All das, was schon im Zweiergespräch kaum erinnerbar war, soll nun
vor einem ganzen Saal erklärt werden.

Doch es ist wie immer, Ela erinnert sich nicht mehr gleichzeitig an
Ton, Bild und Gefühl. Alles wird in den Labyrinthen ihrer Wahrnehmung durcheinander gewirbelt, ein chronologisches Erinnern ist
fast unmöglich.

Elas versucht es gleichwohl. Es gelingt ihr nicht.

Der Richter schreitet ein.

„Nun lassen Sie mal ihre Emotionen weg", sagt er in strengem Ton,
„und erzählen ganz sachlich, was passiert ist."

Leider kann ich das Gesicht der Psychologin vom Zuschauerraum
aus nicht einsehen. Von einer Vergewaltigung und Zwangsprostitution ohne Emotionen zu sprechen – das kann wahrscheinlich nur der
emotionslose Spock vom Raumschiff Enterprise. Zynismus und Ver-
ärgerung belagern meine Sicht. Ich ahne, wie die Mitarbeiter der
Hilfsorganisationen sich manchmal fühlen müssen: wütend, zerstrit-
ten und hilflos. Die konfuse Hauptzeugin ist ein gefundenes Fressen
für die Verteidigung, die hier notwendige Diagnose „posttraumati-
scher Zustand" dagegen ein sehr fragwürdiges Beweismittel. Ein

Gericht ist schließlich kein Psychologieseminar, eine Verhandlung keine Therapiesitzung.

Ela verlassen die Kräfte. Am Ende hat sie nicht, was sie braucht.

„Nein, das meine ich nicht, ich dachte, so wäre es genauer. Trotzdem, es war ja auch so, wie ich schon gesagt hatte, aber das war davor, nein danach ... Erst kam er rein und dann sie, nein nicht. Erst sie und dann niemand und dann er ... Es war Sommer, nein Winter, nein Sommer ..."

Ela verläuft sich im Labyrinth.

„Natürlich hatte ich Angst, nein, keine Angst. Wenn man nichts verlieren kann – was fürchtet man dann? Irgendwas fürchtet man, aber nicht die normale Angst ... Er hat geschossen, nein, nicht auf mich, ja, doch, aber nicht so, sondern anders ... Es war früh, nein abends, nein, ich weiß es nicht mehr. Ja, das meine ich. Nein, das ist nicht das, was ich damit sagen will ..."

Ela versteht, dass sie dem hier nicht gewachsen ist.

„Ja, ich weiß es ganz genau, aber es kann auch sein ... was ich meine ist, dass es so war. Wie? Sie meinen, ich kann mich nicht hundertprozentig erinnern ... klar, erinnere ich mich, aber nicht so klar."

Ela wird übel, sie rennt kurz raus, um sich zu übergeben.

Eine Pause, die ihre Sozialarbeiterin vom „Weißen Ring" dazu nutzt, um über Elas Anwältin einen gutachterlichen Zeugen zu beantragen, der Elas posttraumatischen Zustand diagnostizieren und verdeutlichen kann. In Menschen, die ein Trauma erlebt haben, gibt es einen Effekt, den Psychologen Dissoziation nennen. Betroffene können sich nicht zusammenhängend erinnern, das ist eine logische Folge der Traumatisierung, eine Folge des Vergessenwollens, eine Folge des Selbstschutzes. Nur mit Hilfe von therapeutischer Arbeit kann die Erinnerung als Ganzes wieder zusammengefügt, zeitlich eingeordnet und in der Vergangenheit des Lebens abgelegt werden. Dies ist eine Vorraussetzung für Heilung und auch für eine zusammenhängende Aussage.

Der Antrag wird jedoch abgelehnt, weil Elas Zustand, als bedeutungslos für die Auswertung der Inhalte ihrer Aussage angesehen wird.

Ela kommt zurück in den Saal, führt ihre Aussage fort. Sie kämpft und übersteht auch diesen Tag.

Am nächsten Tag erzählt sie mir, was in jenem Moment in ihr vorging.

„,Weiter, bloß weitermachen, sonst falle ich tot um', dachte ich. Ich antwortete, manchmal kann ich Dinge nicht sagen, wegen meiner Familie zu Hause. Dann wieder fragten sie so gemein, dass ich aus der Haut fahren musste. Da sagte der Anwalt doch: ,Da Sie ja schon in der Ukraine als Prostituierte gearbeitet haben ...' Das ist Verleumdung und niemand sagt was! Auch meine Anwältin sagt nichts, niemand. Ich will sagen: ,Das ist Verleumdung.' Aber es geht nicht, ich kann nicht atmen. Dann wieder atme ich, sage: ,Nein, so war es nicht. So auch nicht ... es war so, dass ...'"

Wir lesen, was die Presse über den Bordellprozess schreibt.

„Alle Ukrainer in Bostorf werden das lesen", sagt Ela.

„[...] Gestern wurde die Hauptzeugin Ela S. weiter vernommen. 1995 war sie geflohen und von der Polizeiwache Bostorf aufgegriffen und befragt worden. Sie offenbarte ihre Probleme nicht, sondern wurde vom Angeklagten Michael G., der ihren Pass dabei hatte, abgeholt. Sie widersetzte sich ihm nicht.

Stattdessen erzählte sie der Polizei eine Geschichte, die sie später immer wieder anders berichtete. Das wollten die drei Verteidiger der

Anklage genauer wissen. Insgesamt gab es vier oder fünf verschiedene Darstellungen, die den Fluchtgrund aus dem Puff erklärten. Auch andere Gelegenheiten schilderte Ela S. immer wieder unterschiedlich. Zum Beispiel wollten die Anwälte wissen, warum sie unter angeblich großer Gefahr zwei Jahre später von Wadim D. ihren Pass zurückholen wollte – den er ihr im Bordell abgenommen haben soll. Ela S. hätte doch zur ukrainischen Botschaft gehen können, um einen neuen Pass zu beantragen.

[...]

Die Verteidiger fragten mehrfach, ob Ela S. in die Ukraine zurückwollte, und sie gab verschiedene Antworten. Sie habe nach Hause gewollt. Aber sie konnte auch nicht wissen, was sie dort erwarte. ‚Ich hatte Angst – das können sie nicht verstehen‘, sagte sie. Auch der deutschen Polizei habe sie nicht getraut.

[...]

Einen besonderen Blick richtete die Verteidigung auch auf die Kontakte der Zeugin zu verschiedenen Männern, die in der Zeit in Bostorf und danach eine Rolle spielten. Sie habe keinen Sex mit dem Angeklagten Michael G. gehabt, erklärte Ela S. Mit einem italienischen Kellner, bei dem sie Unterschlupf fand, habe sie hingegen eine intime Beziehung gehabt. Dass sie nur zwei Monate bei ihm blieb, habe an ihm gelegen. Der Kellner hatte angeblich Angst, weil ihr Visum ablief. Auf Nachfrage des Staatsanwaltes sagte die Zeugin, sie habe diesen Exliebhaber auch schützen wollen.

[...]

Was sich genau in dem Bostorfer Bordell an der Altenburgerstraße abgespielt hat, blieb auch gestern weiter unklar. Es sind weitere Prozesstage angesetzt, weitere Zeugen sollen gehört werden. Mit einem Urteil im Bordellprozess ist voraussichtlich erst im Mai zu rechnen.“

Das Ende und ein
neuer
Anfang

Die Verhandlung zieht sich hin.

Die ersten wärmeren Sonnenstrahlen erreichen Berlin, wir schlendern zum ersten Mal wieder durch die Einkaufspassagen in der Nähe des Kirchenasyls. Ela ist blass und sehr nervös, doch sie hat zwei Kilo zugenommen und sieht besser aus.

Wir spazieren und reden.

„Jetzt ist doch eigentlich alles vorbei. Ich habe endlich meine Aussage gemacht. Glaub mir, in den Fluss zu steigen und sich umzubringen ist die coolste Party im Vergleich mit der Zeugenbefragung", schießt es aus ihr heraus.

Ela seufzt.

„Jetzt kann ich mit meinem neuen Leben beginnen, doch so fühle ich mich nicht. Die Angst ist in mir und bleibt in mir wohnen. Komisch, oder?"

Ela ist unsicher und gibt es zu.

Sie hat es geschafft, das Schlimmste scheint vorbei. Sie hat im Angesicht derer, die sie am meisten fürchtete, ihre Aussagen gemacht. Sie hat sich ihrer größten Lebensangst gestellt. Es lief nicht perfekt, es lief manchmal voll daneben, aber sie hat es getan. Das alleine zählt jetzt in ihrem nächsten Leben, im Leben nach der Zwangsprostitution und nach dem Prozess.

Nur: Was ist das für ein Leben?

„Ich sage mir täglich, es ist vorbei. Du brauchst nichts mehr zu fürchten, aber in mir ändert sich nichts. Ich schließe jeden Abend zweimal meine Wohnungstür zu, das habe ich früher nie getan."

Ela braucht meine Fragen nicht, sie hat gelernt, sich selbst zuzuhören.

„Gestern beim Spazierengehen sah ich eine Gruppe von Landsleuten. Weißt du, was ich getan habe? Ich bin sofort in eine andere Richtung gegangen, mein Herz schlug schneller, mein Puls ging hoch. Wie damals, als ich zu Besuch in Bostorf war und einen Russen im Einkaufszentrum traf, der gelegentlich in der Bar als Einlasser, Fahrer oder Aufpasser aushalf."

Ich zucke zusammen. Du warst in Bostorf zu Besuch?

„Ja. Ich konnte es lange nicht sein lassen, alle paar Monate einmal hinzufahren. Ich besuchte die Freundin von Sascha, die mir all die Jahre immer wieder Mut machte, auch damals im Frauenhaus, als ich die Klage wieder zurückziehen wollte. Sie wohnte da. Ohne sie hätte ich vielleicht nicht ausgesagt. Ich weiß es nicht."

Eine Welle des Mitgefühls nimmt mich ein, Selbstreflexion ist für Erinnerungsgestörte wie Ela der Anfang vom neuen Leben, ein Weg zu einer aufgeräumteren, ruhigeren Vergangenheit. Heute klingt Ela selbstreflektierend, nicht selbstbehauptend, selbstbeschützend, und ich möchte sie umarmen, ihr gratulieren, doch körperliche Berührungen sind ihr noch immer ein Gräuel. Vielleicht sollte ich einfach weiter zuhören.

„Es ist wahnsinnig, aber ich wollte immer wieder zurück nach Bostorf", fährt sie fort. „Als würde ich mich vergewissern wollen, wie das alles möglich wurde. Wie es zu diesem Wahnsinn in meinem Leben hatte kommen können. Dass es überhaupt stattgefunden hatte und ich mir nicht alles nur einbildete!

Ich hatte eine feste Runde. Jedes Mal, wenn ich dort war, fuhr ich an dem Einkaufscenter, einer großen Fabrik gegenüber des Puffs, an Saschas Wohnung und an den Häusern einiger Kunden vorbei, um zu sehen, dass es all diese Orte meiner Erinnerung wirklich gab. Und immer wenn ich dort vorbeikam, kehrten die Bilder zurück. Meine

Ohnmacht von damals sah ich wieder und wieder. Ich besuchte diese Orte und reagierte einiges an Wut ab. Ich marschierte und fragte mich immer wieder: ‚Warum, warum, warum?'. Ich wollte sterben, jedes Mal, das schien der erträglichere Weg des Lebens. Aber …"

Sie sucht nach Worten.

Anderseits wolltest du eine Verwandlung, wolltest der Gewalt, dem Chaos und dem Hass etwas entgegensetzen. Etwas Neues, noch nicht Dagewesenes – etwas, das die Versöhnung mit allen vorausgegangenen Momenten möglich macht.

„Genau!" Sie schaut mich an, fast irritiert. Woher weiß ich das? Ja, Ela, gute Frage. Sie stellt sie nicht, also sage ich nichts.

„Stimmt ich suche nach etwas Neuem in mir, einer neuen Art zu leben", sagt sie. „Aber wir leben auch hier in Deutschland in einem Scheißsystem, in einer Ordnung, die mies ist. Wo Geld alles regiert, die Natur ausgebeutet wird und die Schwachen getreten werden. Ich glaube allerdings, ich habe verstanden, dass ich etwas dagegensetzten muss. Wenn ich es nicht tue, kann ich auch sterben gehen."

Atempause.

„Die Freude, dass ich mich umbringe, mache ich denen aber nicht. So habe ich es damals mit mir verabredet. Ela, die Rebellin!", sagt sie, herb und ironisch lachend.

„Und, was meinst du – steht mir das? Xenia – die Rächerin der Versklavten!"

Dafür solltest du noch ein bisschen üben, entgegne ich.

„Kein Problem, ich muss ja noch mal zur Verhandlung!"

Das schien inzwischen fast leichter, als herauszufinden, was sie danach tun würde.

„Was kommt denn jetzt, wo doch meine Angst bleibt?"

Ich schweige, wir spazieren weiter an Schaufenstern vorbei, die wir ignorieren.

„Ich denke viel über Vertrauen nach", sagt Ela. „Was ist das? Weißt du es?"

Wieder eine rhetorische Frage, deren Antwort bald folgt.

„Es kommt vom Wort ‚trauern' und das heißt Verlust, Abwesenheit, Schmerz. Trauern dauert immer eine lange Zeit, manchmal, also bei besonders großen Verlusten, ein Leben lang."

Ich warte einen Moment, bevor ich sage: Nein, ganz so ist es nicht.

„Vertrauen" kommt in der deutschen Sprache nicht von „trauern", sondern eher von „sich etwas zutrauen, jemandem trauen".

„Ach so?! Dann stimmt das also nicht?"

Ela ist ehrlich verwundert.

„Ich vertraue immer nur ganz kurz", sagt sie.

Warum?

„Weiß nicht. Ich will nicht mehr nachdenken, will nicht mehr erinnert werden. Wenn ich länger vertrauen soll, kriege ich Angst. Meine Angst kam erst nach der Vergewaltigung, vielleicht hat sie mir dann auch irgendwie geholfen, keine Fehler zu machen. Ich weiß nicht. Ich dachte, nach dem Prozess wird alles gut. Doch jetzt weiß ich gar nichts."

Während Ela für sich und ihre Zukunft schwarz sieht, entdecke ich, wie sie langsam neue Wege einschlägt. Sie fragt, sucht Antworten, Ideen, Alternativen zum Nachdenken über den Tod.

„Der Richter war wirklich nett, aber er hat mich nicht verstanden, weißt du", spricht sie weiter. „Fragt er mich, ob ich Angst habe. Nein, ich habe keine Angst vor den Angeklagten. Die können mich nicht mehr fertig machen. Denen kann ich heute ins Gesicht gucken und die ganze Wahrheit sagen. Das war nicht immer so. Ich hatte eine

Heidenangst vor denen! Meine Anwältin sagte, die Antwort sei nicht klug gewesen."

Na, du sagtest ja gerade, dass du Angst hattest und noch hast.

„Ja, aber nicht vor Wadim und den Typen, die dort waren."

Sind diese Typen nicht die Ursache deiner tiefen Ängste, auch wenn du nun ganz konkret keine Angst mehr vor ihrer Erscheinung hast? Das Gefühl der Bedrohung ist doch geblieben, oder?

Wieder schaut sie mich an.

„Ja, wirklich, da hast du Recht, die Ursache sind die Typen. Das habe ich so noch nicht gesehen."

Ela beginnt nach ihrer Aussage, sich und allen anderen noch einmal zu erklären, wie es gemeint war. Sie kann ihre Vergangenheit neu sortieren, diesmal mit mehr Ruhe und Entspannung. Als würde sie die Scheinwerfer auf ihr Leben wieder gerade rücken wollen.

„Der Richter fragte mich auch, warum ich noch mal zurück in den Puff gegangen bin, um meinen Pass zu bekommen. Warum versteht das keiner?"

Sie beobachtet meine Reaktion genau. Würde ich sie verstehen?

„Ich hatte doch nichts zu verlieren!", sagt sie. „Und der Pass – na, warum wohl wollte ich den haben? Weil ich damit wieder meine alte Identität zurückbekommen hätte. Das war mein Pass und genau diesen Pass wollte ich wiederhaben."

Noch einmal geht die Wut durch ihren Köper.

„Ohne Pass bist du niemand, so ist das doch! Und wenn die Gefahr groß ist, wie sie damals für mich war, wenn sie so groß ist, dass alles dich zerstören kann, dann legt sich ein Schalter um in deinem Gehirn und du scheißt auf alles. Gehst einfach rein, und was kommt, muss kommen. Wir einzelnen Menschlein können das sowieso nicht aufhalten. Es ist vorherbestimmt!"

Ela redet sich frei.

Diese Wochen zwischen den Prozesstagen sind die Zielgerade. Vielleicht wird sie an die See fahren, wenn alles vorbei ist? Irgendwo am Wasser liegen und ein wenig – genießen?

Elas Handy klingelt. Ihre Anwältin erklärt, dass eine längere Prozesspause beschlossen wurde.

„Eine Weile wird nichts passieren, hat sie gesagt."

Ela weiß nicht recht, wie sie das finden soll.

„Nach sieben Jahren noch einmal sieben Wochen bis zur Urteilsverkündung. Darauf brauch ich einen Kaffee."

Wir gehen zurück in die Kirche. Ela macht Kaffee, ich schaue mich um. Auf ihrem kleinen Sessel häufen sich Astrologie-Bücher und Astrologie-Magazine. Fein säuberlich hat sie die Seiten durchgearbeitet und alles Wichtige unterstrichen.

Vor ein paar Wochen erzählte sie mir, dass sie sich ihr Karma-Horoskop selbst erstellt habe. Ein Horoskop, das offen lege, wer wir in unserem letzten Leben gewesen seien. Ela glaubt, sie sei ein böser Mann gewesen, der andere manipulierte und seine Macht nur für sich nutzte. Er sei ein solch schrecklicher Charakter gewesen, dass sie nicht weiter darüber sprechen wolle.

Ich entdecke, dass im Astro-Stapel nun auch Zeitungen mit Kreuzworträtseln stecken, ein neues Hobby von ihr. Dann sehe ich eine Modezeitschrift und frage neugierig: Ist das die *Vogue*?

„Nein, nein, das ist kein Modemagazin."

Sie kramt es hervor und reicht es über den Tisch.

Mir entfährt ein Raunen. Ein Hochzeitsratgeber!

„Hochzeiten sind so teuer. Die billigste Hochzeit kostet 15 000 Euro. Wie soll man da heiraten?"

Ich lache. Was ist los? Habe ich eine wichtige Entwicklung verpasst?

„Nein, nein", sagt sie, „aber ER macht neuerdings so Andeutungen. Und auch … weißt du, wenn Uranus sich ins fünfte Haus bewegt, heißt das, es wird plötzlich etwas in meinem Leben passieren. Unerwartet."

Moment mal. Hat ER dir einen Antrag gemacht?

„Nein. Aber er fragte mich, wie er seine Wohnung einrichten soll. Und er hat mir eine Überraschung zum Prozessausgang versprochen." Ein breites Lächeln nimmt ihr Gesicht ein, voll und ganz. „Aber, ich weiß nicht, ob das gehen kann. Die Kleider im Hochzeitskatalog gefallen mir überhaupt nicht. Sieh mal, nur dies eine hier, das ganz schlichte weiße Kleid, das gefällt mir. Einen dezenten Schleier und Blumen im Haar."

Ich brauche einen Moment, um umzuschalten. Elas Träume sind so schillernd, dass sie mir wie vorprogrammierte Enttäuschungen erscheinen. Damals, am Strand von Jalta, hoffte die Primadonna auf ihren Märchenprinzen. Heute, gestrandet in Berlin, hofft die gefallene Tochter, dass Pretty Woman doch noch wahr wird. Dass der Mann, den sie seit Jahren wie ein Geheimnis hütet und niemandem vorstellt, endlich ihr lang ersehnter Retter sein wird.

Glaubst du, dass er dich liebt?

„Ich weiß es. Auch wenn er selbst nicht gut über Gefühle sprechen kann. Er hat es nicht leicht gehabt im Leben, er hat schon als Kind für seinen Bruder gesorgt, als die Eltern sich um nichts kümmerten, die Kinder vernachlässigten. Er ist etwas ganz Besonderes."

Es ist dir also ernst?

„Ja, vielleicht, ich weiß nicht. Er sagt, er brächte die Sicherheit und ich das Temperament. Das wäre eine gute Mischung. Immerhin kennen wir uns jetzt einige Jahre."

Ela erzählt, wie sie kürzlich bei IHM schlief und nachts aufschreckte. Bei einem Mann schlafen ohne Angst, das kann sie noch nicht.

„Er machte ein Auge auf, hörte auf die Geräusche im Zimmer, nahm mich in den Arm und sagte: ‚Da ist nichts!' " Elas Stimme ist weich, nicht kindlich. „Ich muss so lachen, wenn ich daran denke. Einfach so sagt der: ‚Da ist nichts.' "

Bist du wieder eingeschlafen?

„Hm."

Der Landesgerichtssitz befindet sich in einem flachen, hässlichen Neubau. Vor den Türen wartet der ganze Tross des Bordellprozesses. Zwei Verhandlungstage noch, dann soll das Urteil verkündet werden. Die Verhandlung beginnt um neun. Die Richter und Schöffen betreten den Saal. Anwesend sind bereits: die drei Angeklagten, ihre drei Anwälte, Elas Anwältin, der Staatsanwalt, sieben Freunde der Angeklagten, drei Sozialarbeiterinnen, die Elas Fall kennen, und fünf Journalisten. Ela selbst braucht an diesem Tag nicht anwesend zu sein. Alle erheben sich von ihren Plätzen.

Zu Beginn sagt der ehemalige Bordellbesitzer als Zeuge aus. Er hat die letzten Jahre in einem Gefängnis in der Karibik zugebracht, da er während einer Razzia mit einigen Kilo Kokain in der Tasche verhaftet worden war.

Er sitzt gelassen auf dem Stuhl in der Mitte des Saals und erklärt gleich zum Anfang, dass sich aufgrund der extremen karibischen Haftbedingungen seine Sehkraft verschlechtert habe und er ernsthafte Gedächtnislücken hätte.

Dann sagt er aus.

„Wissen Sie, ich hatte vor sieben Jahren in Bostorf eine Abendgaststätte, eine Baufirma, ein Restaurant und eine Boutique."

„Sie waren Inhaber und Geschäftsführer der Bar ‚Red Bird', die auch als Bordell bekannt war, nicht war?", fragt der Richter nach. „Ja, ich hatte, wie schon gesagt, eine Abendgaststätte mit dem Namen ‚Red Bird'.

Dorthin kamen deutsche und ausländische Damen mit und ohne Begleitung. Sie animierten die Gäste zum Trinken und bekamen Prozente dafür. Eine Flasche Champagner kostete 120 Euro, aber dass die mal jemand bestellte, geschah selten, dazu war die Kaufkraft unserer Gäste einfach zu gering. Es ist mir nicht bekannt, dass diese Damen der Prostitution nachgingen, und in meiner Abendgaststätte habe ich so etwas nie beobachten können."

„In den Akten des Gerichts befindet sich ein Abnahmeprotokoll des Lebensmittelamtes, in dem vermerkt ist, dass sich Zimmer an den Barräumen befanden, die jedoch wegen unzureichender bautechnischer Parameter nicht betrieben werden durften. In ihren Büchern jedoch haben sie Einnahmen aus diesen Zimmern verzeichnet. Wie erklärt sich das?", fragt das Gericht.

„Nun ja, das waren Zimmer für Betrunkene, die den Weg nach Hause nicht mehr finden konnten. Ich blieb auch manchmal dort, wenn es zu spät wurde." Die Besucher des Angeklagtenlagers feixen. Die Journalisten schütteln die Köpfe. Das Gericht sieht unbeeindruckt auf den Zeugen. Der Staatsanwalt schreibt mit und wird später ein Ermittlungsverfahren wegen Falschaussage erheben. Das wird keine großen Konsequenzen haben für den Zeugen, er wird es dennoch erheben, um klarzumachen: „Wir lassen uns nicht auf den Arm nehmen."

Die Aussage geht weiter. Der vermeintliche Menschenhändler Wadim D. hätte ihm nie Frauen zugeführt, antwortet der Zeuge auf weitere Fragen. Er kenne ihn lediglich als einen Bekannten, mit dem er mal auf die Krim fuhr, um dort einheimische Weine und Sekte einzukaufen. An die anderen beiden Angeklagten könne er sich nur fern erinnern. Elas Anwältin fragt ihn, ob er sich an ihre Mandantin erinnern könne, die damals den Spitznamen Eli hatte. Der Zeuge hält inne und denkt nach. Dann sagt er: „Nein! Ich hatte einen Hund, der hieß Eko, aber eine Frau mit dem Namen Eli: Nein." Die Anwältin gibt sich damit nicht zufrieden. „Wir haben in den Unterlagen ein Foto, wenn Sie sich das mal ansehen würden, vielleicht frischt das Ihr Erinnerungsvermögen wieder auf."

„Ja, natürlich gern", sagt der Zeuge. Sofort kramen das Gericht und der Staatsanwalt in den diversen Bänden mit den Prozessunterlagen nach einem Foto. Minuten später wird man fündig und hält das schwarzweiß-kopierte Bild in den Saal: Elas Gesicht. Sie sieht sehr jung und schön aus auf jenem Foto.

Der Zeuge sucht lange nach seiner Brille, setzt sie umständlich auf die Nase. Dann sagt er, er könne sie nicht erkennen, das Foto wäre zu klein. Auf Vorschlag der Anwältin steht er auf und geht vor. Er genießt seinen Auftritt. Der Strafgefangene, ehemalige Bordellbesitzer und vorübergehende Dealer geht mit seiner intellektuellen Lesebrille ganz langsam vor zum Podest der Richter, sieht sich das Foto nochmals aus der Nähe an und sagt: „Ach, wissen Sie, solche Mädchen gibt es doch wie Sand am Meer. Vielleicht habe ich eine wie die auf dem Havanna Boulevard gesehen oder am Flughafen von Paris. Nein, an so ein Mädchen in Bostorf kann ich mich beim besten Willen nicht erinnern."

Mit geschäftiger Geste nimmt er seine Brille ab, setzt sich auf seinen Zeugenstuhl, überschlägt die Beine, stützt seinen Kopf zwischen Daumen und Zeigefinger und schaut lächelt zum Gericht. Er ist zufrieden. Sein Fuß wippt leicht und beschwingt. Er trägt schwarze

Lederschuhe, Slipper mit zwei Trotteln, sauber geputzt. Auf seinen schwarzen Socken ist eine Mickeymaus eingestickt. Schwarze Jeans und rotes Polohemd.

„Wissen Sie, es ist wirklich schon sehr lange her."

Gut, dass Ela heute nicht anwesend sein muss, denke ich.

Das Gericht entlässt den Zeugen, ohne eine Vereidigung vorzunehmen. Das bedeutet im Klartext, dass seine Aussagen zu unwichtig waren, als dass man auf sie zurückkommen würde.

Das Gericht schließt die Beweisaufnahme, es folgen die Plädoyers der Anwälte.

Der Staatsanwalt sowie die Anwältin der Nebenklage unterstreichen die Glaubwürdigkeit von Elas Person und ihr Durchhaltevermögen, sieben Jahre zu kämpfen, um diese Männer vor Gericht zu bringen.

Die Verteidigung hält sich in ihrer Argumentation ganz an die Widersprüche und Ungereimtheiten in Elas Aussage. „Diese Zeugin will uns allen Ernstes weismachen, dass sie mit dem Einsatz ihres höchsten Rechtsgutes, nämlich dem Gut ihres Lebens, nichts Besseres zu tun hatte, als mit ihrem Köfferchen unter dem Arm zu einem Landsmann zu laufen, der gegenüber des Puffs wohnte und auch noch Kontakt zu den Personen im Bordell gehabt haben soll, um so der Bedrohung ihres Lebens zu entgehen. Also, ich bitte sie. Ihre Unglaubwürdigkeit wird unterstrichen durch die Tatsache, dass sie höchstpersönlich in dem angeblichen Bordell auftauchte, um ihren Pass wieder abzuholen. All das macht den Eindruck einer gewissen Belastungstendenz unausweichlich."

Belastungstendenz, das will sagen, dass die Zeugin die Angeklagten über Gebühr belastet.

Die Anwälte wiederholen diese Argumentation in der üblichen Rhetorik hoch bezahlter Verteidiger, bis der Anwalt von Uwe Z. das letzte Plädoyer mit dem Satz: „Ich sage nichts mehr zum Thema Ela S." beginnt und unterstreicht, dass der Fall seines Mandanten umfassender gesehen werden muss. Damit geht er auf die Anklage wegen Körperverletzung ein sowie auf das Alkoholproblem seines Klienten. Vor der Schließung des heutigen Verhandlungstags gibt der Richter den Angeklagten das letzte Wort. Keiner hat den Ausführungen der Anwälte etwas hinzuzufügen. Die Urteilsverkündung wird auf den nächsten Morgen angesetzt.

Der Saal hat schon längst beschlossen, wie der Prozess ausgeht: Freispruch aus Mangel an Beweisen und Glaubwürdigkeit! Seit Elas Aussage ließ die Verteidigung keinen Weg aus, die drei Angeklagten als solide, aufgeschlossene Nachbarn darzustellen. Nachbarn, die manchmal etwas laut sind, auch gern mal ein Bierchen zu viel trinken, aber Menschenhandel – nein.

Die aufgeregte, hektische und nervöse Ela hingegen bot den Zuhörern nicht viele Möglichkeiten, sich mit ihr zu identifizieren. Dann gab es Details, über die sie nicht reden wollte. Eine Zwangsprostituierte, die nicht alles offen legen will – das schien vielen suspekt.

Wadim D. dagegen ließ keine Möglichkeit ungenutzt, die Besucher des Prozesses in Gespräche zu verwickeln. Groß, dunkelhaarig, mit sonorer Stimme, voller Charme wandte er sich im Korridor des Landgerichts an die Wartenden, begann über das Wetter zu reden, um am Ende zu sagen: „Glauben Sie mir, ich bin kein Zuhälter. Das ist alles gelogen, einfach nur gelogen. Warum sie das macht, verstehe ich auch nicht." Ich beobachtete seine Art, frei von Schuldgefühlen Stimmung für sich zu machen, einige Male. Bis er auch mich in ein Gespräch verwickelte.

„Na, zahlen Sie für ein Interview mit mir?"

Ich schaute ihn erstaunt an.

„Ja, die Kollegen vom Fernsehen zahlen."

„Die sind aber heute nicht hier", antwortete ich, um der Unverschämtheit auszuweichen.

„Die Ela weiß nicht, was sie da tut."

„Aha."

„Ich habe sie auf russisch gefragt: ‚Warum lügst du nur?', und sie hat gesagt, die Staatsanwaltschaft und die Polizei zwingen sie dazu."

„Aha! … Ihr Deutsch ist sehr gut, wissen Sie das?"

„Ja, ich bin hier aufgewachsen und habe auch mal in der Oberliga gespielt."

„Ach! In welcher Oberliga?"

„Ja, das müssen sie raten."

„Fußball?"

„Nein, aber Ball ist schon richtig."

„Sie sind also unschuldig?", beende ich das dumme Spiel.

„Ja, vollkommen. Sie können sich gar nicht vorstellen, wie schmerzvoll Elas Aussagen für mich sind. Meine Frau hat mich sogar ausgesperrt, als sie davon gehört hat. Und meine Kinder, was sollen die nun von mir denken? Ich verstehe nicht, warum Ela das tut." Er gibt einen tiefen Seufzer von sich.

So gefasst ich in meiner journalistischen Professionalität auch wirken mag, ich spüre Verachtung in mir aufsteigen. Da steht ein Mann, Marek oder einer seines Typs, und richtet seine tiefbraunen Augen eindringlich auf mich. Mit seinen 1,95 Metern ragt er weit über mich hinaus, breitschultrig, den Rücken etwas vorgebeugt, ein charmantes Lächeln aufgelegt. Mit seinen langen, schönen Händen reibt er sich über das geschwollene Kinn, als wäre er verlegen.

Die Unverfrorenheit und Siegesgewissheit dieses Mannes ist von einer Unverschämtheit, die mir in die Galle fährt. Ich versuche, mir vorzustellen, wie er sagt: „Sag Bescheid, wenn etwas wirklich Wichtiges passiert ist", als die 22-jährige Ela ihm verzweifelt erzählte, dass sie jetzt anschaffen gehen müsse.

Ich erinnere mich an die Beamten vom Landeskriminalamt, die aufzählten, mit welchen feinen psychologischen Mitteln die Schlepper arbeiten. Und dass es für viele Frauen fast unmöglich sei, ihre Sicht der Dinge auch nur verbal zu erklären.

Die Sozialarbeiter und Elas Anwältin verlassen das Gerichtsgebäude etwas mutlos.

Ela sitzt zu Hause vor ihrem Fernseher und guckt *Matlock*, als sie der Anruf erreicht. Sie hat sich gerade frische Möhren geschält, die sie dieser Tage in großen Mengen isst. Ela hat schon einige Tage auf den Anruf gewartet und ist froh, dass es nun endlich zum Ende der Verhandlung kommt. Deshalb dauert es eine Weile, bis sie versteht, was die Anwältin ihr sagen will.

„Zu Ihrer persönlichen Sicherheit sollten Sie besser nicht zur Urteilsverkündung kommen. Es sieht schlecht aus und kann mit einem Freispruch enden."

„Wie? Freispruch für wen? Freispruch? Alles umsonst?"

Ela ruft mich wenig später an, um von dem Gespräch zu erzählen. „Mir wurde schwarz vor Augen, als sie das sagte. Ich heulte sofort los. Nein!, sagte ich. Dafür habe ich das alles gemacht? Ich konnte nicht sprechen, meine Stimme überschlug sich. Langsam spürte ich, wie ein Schüttelanfall durch meinen Körper ging. Das ist das Ende, dachte ich. Bis hierher und keinen Schritt weiter. Keinen Schritt weiter. Ich wurde so wütend, ich bin immer noch wütend. Säure stieg mir den Mund hoch, mein Unterleib verkrampfte sich. Ich hab schon zweimal versucht zu kotzen, aber es kommt nichts, alles bleibt im Halse stecken. Sieben Jahre Hölle umsonst! Und nun? Was jetzt?"

Schweigen im Hörer.

Ela, bist du noch da?

„Ja. Weißt du, alles ist so leer jetzt, wie ein großes schwarzes Loch am Abendhimmel, das mich verschlingen will, es dann aber doch nicht tut. Wozu das alles?"

Am nächsten Tag ist es so weit. Stehend hören alle Anwesenden im Saal, wie die Große Kammer des Landgerichts im Namen des Volkes folgendes Urteil spricht:

Wadim D. wird zu einer Freiheitsstrafe von zwei Jahren und zehn Monaten wegen schweren Menschenhandels verurteilt. Er hat die Kosten der Nebenklage zu tragen.

Die Angeklagten Uwe Z. und Michael G. werden vom Vorwurf der Förderung zur Prostitution aus Mangel an Beweisen freigesprochen. Michael G. wird zu einer Geldstrafe von 80 Tagessätzen à 20 Euro wegen Körperverletzung verurteilt. Uwe Z. wegen Körperverletzung und Trunkenheit am Steuer zu einer dreijährigen Freiheitsstrafe.

Die beiden Deutschen zeigen keine Regung.

Wadim D. schüttelt den Kopf.

Die Große Kammer hat alle Indizien genutzt, um die Täter dingfest zu machen.

„Bitte erheben Sie sich. Das Hohe Gericht verlässt den Saal."

So sieht also ein Ende aus.

Als ich in mein Auto steige, sehe ich, wie Elas Anwältin neben dem Eingangstor zum Landesgericht steht und mit ihr telefoniert.

„Es gibt also doch Gerechtigkeit?", fragt Ela am anderen Ende der Leitung.

Sie legt auf.

Was nun?

Nun ist alles vorbei.

Was ist jetzt vorbei?

Ela sortiert Gedanken, die in ihrem Universum herumfliegen und die Orientierung verloren haben. Der Feind ist abhanden gekommen, die Richtung ist nicht klar und gelebt werden muss, gelebt werden muss die ganze Zeit.

Wie nur?

Wo sind die Gerichtsunterlagen? Ela nimmt die Akte vom Schreibtisch, trägt sie ins Bad, legt die Papiere auf den Boden, geht noch einmal zurück ins Wohnzimmer, die Streichhölzer holen. Sie greift einen Stapel Prozessunterlagen, klappt den Toilettendeckel auf, reißt ein Streichholz an, das Papier fängt Feuer. Es lodert. Eine Rauchwolke steigt auf, verdunkelt das Bad und zieht ins Wohnzimmer. Ela hält noch immer das brennende Papier in der Hand, bis es zu heiß wird, dann wirft sie es in die Schüssel. Das Porzellan reißt und kracht unter der Hitze. Ela erschrickt, hält aber schon die restlichen Papiere in der Hand. Die Flammen schlagen hoch, der Rauch wird unerträglich. Sie öffnet Türen und Fenster. Die Rauchschwaden und der Gestank nach Verbranntem ziehen ins Treppenhaus.

„Was ist los bei Ihnen?", ruft von unten der Priester.

Fast akzentfrei ruft sie ihm zu: „Nichts. Alles in Ordnung!"

Es wird noch Monate dauern, bis sie begreift, dass der Prozess jetzt wirklich zu Ende ist. Dass sie ein neues Leben beginnen kann.

Eine Aufenthaltsgenehmigung für zwei Jahre steckt in ihrer Handtasche. Das ist ein Anfang, der Mann in der Ausländerbehörde hatte gesagt: „Sie haben alle Chancen, dass wir ihnen aus völkerrechtlich dringend humanitären Gründen nach acht Jahren eine Daueraufenthaltsgenehmigung geben."

Ela ist misstrauisch. Was soll's. Sie ist bis hierher gekommen und wird es auch weiter schaffen.